秘書のわたし

1

世の中は、得《え》てして不公平である。

それは宝くじに始まり、日々のタイミングにも繋《つな》がる不文律《ふぶんりつ》であり、自然の掟《おきて》だ。

こういう時、とみにそう思う。

「バラを用意してくれ。少なくとも百本以上。色は問わないが赤を中心に」

そう言ったのは、身長一八〇センチを超える馬鹿みたいにバランスのいい美形だ。柔らかく撫《な》でつけた黒髪も、少し神経質そうな眼光も、高そうな仕立てのスーツもさまになっている。

目の前の、十人中十人が百点満点を付けそうな男に向かって、私はただうなずくしかない。

何故なら、この目に痛いほど美形な男が私、井沢真由美《いさわまゆみ》の上司なのだ。

「かしこまりました。では後《のち》ほど、準備が整い次第ご連絡いたします。社長」

私に鷹揚《おうよう》にうなずく彼こそ、我が株式会社植村《うえむら》コーポレーションの社長、植村湊《うえむらみなと》である。

必要な書類は先刻渡したので、再び呼ばれたことを不思議に思いながらこの上司と対したが、私が退室したあと妙案を思いついたようだ。迷惑なことに。

どうして私は秘書なんて面倒な仕事に就《つ》いたんだろう。

百本のバラを何に使うかって？　聞いて笑っちゃダメですよ。

――ホテルのスイートルームにウェルカムフラワーよろしくバラを一面に撒《ま》くんだってさ。

ほら笑わない。こっちは笑えないんですよ。

だって撒《ま》くのはお忙しい社長じゃありません。ホテルの人と私です。

はっはっはー。ホテルの人に任せておけって？　セッティングに口うるさい社長を黙らせるには、関係者がついて細かいことを注文しないといけないんです。

それにホテルの人も私も、社長のお守《も》りとわがままだけを仕事にしているわけじゃない。手間は省《はぶ》くに限る。

通常業務を片付けたあと、社長秘書の先輩方に説明をしてから私は急ぎホテルへと向かう。

そして雇用主の希望を叶えるべくホテルマン達とあーだこーだと議論を重ね、花屋が運び込んできたバラの花をこれでもかと千切《ちぎ》っては、部屋中にばら撒《ま》いていった。

準備が整う頃には、上品なホテルマンもジーンズの花屋もむせかえるほどのバラの香りに包まれた。

時間はかかったが、社長の到着には間に合った。バラの香りと汗にまみれながら、上司の無茶ぶりに付き合ってくれた人々と健闘をたたえあって握手を交《か》わす。ホントすんませんでした、アホなお願いをして。

ホテルのレストランでお食事を終えたばかりだろう社長にご連絡申し上げると、

「ご苦労だった」

と、一言の労《ねぎら》いを下さった。ありがたくて涙が出そうだ。

ルームキーを持って待機しておけというので部屋の前で待っていたら、我らが社長が、小柄な女性を連れて現れた。

顔立ちの綺麗な娘だ。確か短大を出たばかりの二十二で、今は地味なスーツにひっつめといった格好だが、よくよく見れば素材は悪くない。むしろ良い方だ。

彼女はルームキーを社長に手渡す私をぼんやり見ていたかと思うと、目が合った私に可愛らしく微笑《ほほえ》んで会釈《えしゃく》する。まるで小兎《こうさぎ》のようだ。こういう可愛気《かわいげ》があれば、世の中スムーズに渡っていけるんだろう。私の方も会釈《えしゃく》を返して、社長とお姫様を見送った。

今日の仕事はこれで終わりだが、肉食な社長は食べる方にも熱心だから、きっと明日はあの兎姫のお世話に呼び出されることになるだろう。私が。南無三《なむさん》。

あのお姫様は三澤佳苗《みさわかなえ》といって、お察しの通り社長の恋人だ。御年《おんとし》三十二になる社長は一回り幼いなんでも彼女が就職活動中に運命的な出会いをしたらしく、あの小兎《こうさぎ》を目に入れても痛くないほど可愛がっていらっしゃる。

実は私もその場に居合わせたらしいが、正直覚えていない。

とりあえず直帰《ちょっき》の許しは出ているので、バラ臭《くさ》い手をトイレの洗面所でざっと流してホテルをあとにする。

コンビニ寄ってビールとおにぎりでも買って帰ろう。そうしよう。

秘書だからって誰も彼もが高給取りではありません。私のような下っ端《したっぱ》秘書はペーペー社員と同じ給料です。しかも残業代は限りなくゼロに近いです。だって私の業務はこういう時間外勤務が主《おも》だからね。

我が株式会社植村コーポレーションは結構大きな会社だ。主《おも》にホテル部門で成長した老舗《しにせ》で子会社孫会社が連なり、本社だけでもウン千人の社員を抱えている。

今時珍しいぐらいの優良企業の面接に辿《たど》り着いてしまった時には目を疑ったものだ。就職氷河期は伊達《だて》じゃない。

今だから言うが、この会社へエントリーシートを送ったのはほとんどギャグの域だった。

仲間内で植村といえばそれはまぁ難関で有名で、噂によれば名の知れた大学の相当なエリートだけ青田《あおた》買《が》いすると評判だった。けれど内定取れない仲間で飲みに行ったある日、私は内定が取れない腹いせだか何だかよく分からない理由でしたたかに酔ったその勢いのままエントリーシートを書いた。

他の会社では書かなかったことまで書いたかもしれないが、コピーも取らずに送ってしまったし、内容は覚えていない。

その失態に気がついたのは、まさかの本社面接日程を知らせる手紙だった。

私は喜ぶどころか青ざめた。

真面目《まじめ》に就職活動をしていたというのに、この会社への応募は酔っぱらった上での暴挙。

面接会場への書類に、自分の酒の失敗を突き付けられたような心地だった。

しかし四の五の言っていられる身分ではなかったので、刑に服す囚人《しゅうじん》のように面接へ向かった。

——結果、私はそのまま植村へ就職した。

面接での失敗は無かったが、それでも他の学生達と何ら変わりはなかったはずだ。

合格通知を受け取った時は、あの時の面接官の胸ぐらを掴《つか》んで理由を問いただしたい気分だったが、時すでに遅し。他の会社はすべて落ちていたので、選ぶべくもなく身分違いな会社へと就職することに相成《あいな》ったのである。ラッキーだったといえば聞こえはいいが、地元から遠く離れることになったため、正直大して喜べた記憶が無い。

（人生ってよく分からん）

コンビニのかごにビールとおにぎりを放り込んでいると、諦観《ていかん》にも似た溜息《ためいき》が出た。

就職してから早五年。二十七にもなったというのに、彼氏もいない生活だ。大学時代の恋人は、都会に出て就職すると他の女と結婚した。

――つまみにさきイカを買うべきかチーカマを買うべきか。

さまよう指先を見ていると、私の人生を表しているようにも見えてくる。

就職した私は、元々庶務《しょむ》課という地味な部署に配属されていた。

庶務《しょむ》一課という物々しい名前のついた、まぁ果てしなく雑用係的な部署である。各部署は基本的に必要な人数を確保するものだが、いかんせん手が足りない時もある。そういう時に活躍する雑用係が必要らしい。庶務《しょむ》とは人事のお手伝いから営業のコピーまで、ありとあらゆる部署の総合何でも屋である。

そのため業務内容は多岐に渡って、忙しい時は嵐のように忙しい。とりあえず泣きべそかくのは通過儀礼だ。

しかし優しい先輩や上司が丁寧《ていねい》に仕事を教えてくれたので、入社して四年も経つ頃には仕事をそつなくこなせるようになっていた。

気が付けば同僚や友達が結婚したり、先輩の寿《ことぶき》退社をお祝いしているうちにいよいよ私はお局《つぼね》の道を踏み出していたのだ。

総合職へのお誘いもあって、女係長の座も遠くないと思われたその矢先。

辞令はやってきた。

秘書課への転属命令。

社内メールに目が点になったのは言うまでもなく、上司に呼び出されて直々《じきじき》に辞令をもらった時には、不審が顔に出ていたかもしれない。私の様子に苦笑した上司は、自分にもこの人事はよく分からないと言ったから。

あれよあれよと転属した先は、見目《みめ》艶《あで》やかな伏魔殿《ふくまでん》であった。

そりゃーもうイジメられました。

だってさー、就職四年目で秘書に転属だよ?

綺麗なお姉さんお兄さん秘書がいっぱいの秘書課だよ?

大して美人でもない私は年下の同僚達に散々からかわれました。人間、面《つら》の皮一枚だっていうことを思い知りましたよ。

大企業の秘書サマともなれば、そのプライドは桁違《けたちが》いだ。仕事のやり方なんて誰も教えてくれないから、背中を見て覚えろを地《じ》で行きました。職人かお前ら。よく生きてたな自分。世を儚《はかな》んでもいいぐらいだった。あの過酷な職場で一年も耐えきった私を誰か褒《ほ》めてくれ。

そういうわけで、私の財布は入社五年目にして未だヒラ社員です。係長への道は遠く、世間はとても厳しい。そういや実家に何年帰ってないっけ。

やる気の無いコンビニ店員に代金を押しつけて店を出ると、深夜の帳《とばり》が静かに降りていた。

結局、さきイカとチーカマどっちも買った。今日のご褒美《ほうび》です。さー帰るかとヒールを鳴らしたが不意に肩を叩かれる。

誰だよと振り返ると、見覚えのない派手な格好の若者だった。その後ろに五人はいる。どうやらコンビニにたむろしていたらしい。疲れ過ぎてて見えなかった。

「ねーねー、お姉さんヒマ？」

暇があったらこんな深夜にビールなんか買ってない。

「オレ達もめちゃヒマでさぁ、ちょっと遊ばない？」

「そうですか。私は急いでおりますので失礼いたします」

秘書として鍛《きた》えた慇懃《いんぎん》無礼《ぶれい》さで断りを入れるも、若者たちはけたけたと笑うだけだった。この不景気にまだこんな生き物が絶滅してないなんて驚きだ。平和だわぁ。

しかしコンビニの真正面で絡《から》まれているというのに、コンビニの店員はトラブルはご免《めん》だとばかりにこちらに目を向けもしない。

「いーじゃん。ちょっとぐらい付き合えよ」

「離して下さい。警察呼びますよ」

「ンだと？」

しまった。この若者達は今流行《はや》りのキレやすい体質らしい。

何事かぐだぐだと撒《ま》き散らしているがもう聞く耳は無い。疲れた。

胸倉つかまれたらビール缶半ダースが入った袋で振り払ってコンビニに駆《か》け込んでやろう。

腹を決めて顔を上げると、別の手に肩を掴《つか》まれた。

「あらぁ、久しぶりィ！」

そのオネェ言葉の声は通りすぎるテノールだった。

思わず肩越しに振り返ると、迫力の美しい顔があった。

背の高い男だ。鼻筋の通った顔に切れ長の目、少し長めの髪は鮮やかなブロンド。コンビニの明かりに透ける柔らかな金色は偽物ではないことを主張していて、絵本の中の白馬の王子様を彷彿《ほうふつ》とさせた。そんな形のいいパーツ群が意志を持ってにっこりと微笑《ほほえ》むものだから、気圧《けお》された彼の周囲の人々が一瞬にして凍った。外国人を前にするとぎくしゃくする日本人達が遠巻きになる。

私としても一刻《いっこく》も早く遠巻きになりたくて首を前に向けたが、問題のオネェ男は美貌《びぼう》を振りまきながら、背中から私を羽交《はが》い締《じ》めにしている。彼の台詞《せりふ》を変えれば私はまるで人質だ。

「あらあら可愛い子連れてるじゃない。知り合い？」

声から察するに、背後の男は笑いながら若者たちを見回したようだ。すると若者達は先程までの威勢を捨てて、青ざめた顔でコンビニ前を去っていってしまった。待て待て、君達。何を見たんだ。

振り返るのが怖い。

「おいで」

野次馬《やじうま》が集まり出したのを察したのか、オネェなお兄さんは私の手を取って街灯《がいとう》の点《とも》る道を歩き出す。

横目に薄情なコンビニ店員も野次馬《やじうま》しているのを見つけた。今度行ったらビール箱買いするから覚悟しておけ。

ビルと住宅の入り交《ま》じる暗い道は静かで、私のヒールと男の靴音がよく響いた。

「あの」

「何？　お礼？」

先に言うな。

にっこり笑った美人顔を殴ってやりたくなって、感謝の心が半減しました。

だがそれを表に出しては社会人が廃《すた》る。

「危ないところを助けていただき、ありがとうございました」

「うん。危なかったね。彼らが」

オネェ言葉は常ではないのか、流暢な標準語で金髪男は微笑《ほほえ》んだ。まさか初対面でそちらの方ではないんですかと尋ねるわけにもいかない。

街灯《がいとう》のもとで改めて見る全体像は、オネェではなく普通の軽い兄ちゃんだった。ミリタリーコートにTシャツ、ジーンズ姿で痩身に見えるが、私を羽交《はが》い絞《じ》めした腕は筋肉質だった。そのくせ抜けるように白い肌で憎らしい。

「あのまま絡《から》まれてたら、君、それで彼らを殴るつもりだったでしょ」

それ、と長い指がさしたのは癒《いや》しのビール缶が入ったコンビニ袋。

「目の前で流血沙汰《ざた》見るのは嫌だったから、思わず止めに入っちゃった」

人畜無害を胸に刻む私が「ごめんね」と謝られていいのだろうか。

ちょっと複雑な気分になったが、私は社会人で日本人。

「いえ。止めて下さり、ありがとうございました」

丁寧《ていねい》にお礼を述《の》べるにとどめる。言外《げんがい》にこれ以上突っ込んでこないでくれという意味も込めて。

しかし差し出されたのは、私の頭を片手で掴《つか》めそうなほど大きな手。

「ありがたく思うなら形のあるお礼をちょうだい」

ふざけんな。善意という言葉を辞書で引いてきてくれ。

笑顔の金髪を殴りたくなったのは、疲れているのか、キレる若者達が乗り移ったのか。

助けてと頼んだ覚えは無いが、結果として助かったことには違いない。

私はコンビニ袋の中を不承不承《ふしょうぶしょう》かき回し、ビール缶を二つ取り出した。

不躾《ぶしつけ》な男の大きな右手に一つ、左手に一つ。

よしよし、持ったな。

両手を塞《ふさ》がれては私をすぐには捕まえられまい。

「ありがとうございました。失礼いたします」

丁寧《ていねい》に礼を述《の》べたあと、私はヒールを打ち鳴らして一目散に走り去った。

しかし手を封じても足がある。

不安だった私は、最大限複雑な経路を通って自分の城であるマンションへと帰りついた。二時間もかかったよ。

面倒な匂いがぷんぷんする金髪の素性は気になるが、そんなことに脳みその糖分をいつまでも使っていられない。このマンションの防音はしっかりしているので遠慮なくシャワーを浴びる。

倒れるように眠りにつく頃には午前三時を回っていた。

だが会社員であり、秘書という小間使いの私に安眠は無い。

六時にはスマホの着信音で叩き起こされた。

＊＊＊

『ホテルへ迎えに来て佳苗の準備を整えてくれ』

朝も早くから電話の向こうの社長は元気そうだ。昨晩、自分が弄《もてあそ》んだ兎姫に同行しろというご命令である。当の社長は朝イチで会議だってさ。そういやそんなスケジュールがあったね。他の秘書は社長の業務に振り回されるが、私は単独でお姫様のお守《も》りというわけだ。

あー、ホテルまで車取りに行かなきゃ。

ごそごそとベッドから起き出して、一九八〇円のスウェットで大きく伸びをする。欠伸《あくび》をしながらダイニングと書斎《しょさい》を兼ねたテーブルのカレンダーを見てげんなりとした。

今日は土曜日らしい。私の記憶が確かなら、我が社は週休二日制だったはずなのだが。

頭を抱えそうになりながら、私はさっさとクリーニングしたてのパンツスーツを引っ掴《つか》む。そして手早く着替えと化粧を済ませると、朝食はとらずにマンションを出た。

あいにくまとまった買い物にも行けないので、今ある食料はカップ麺を筆頭にしたジャンクフードばかりなのだ。ホテルの近くの喫茶店でモーニングを食べた方がマシ、というわけでミネラルウォーターだけ手にしている。寝覚めの水は美味《うま》い。

朝食をとったあと、ホテルに入ってコンシェルジュと二、三確認してからルームキーを預かり部屋へ向かう。

お嬢様にはお疲れのところ申し訳ないがゆっくりしている時間はない。

だが、静かに入室したスイートルームの惨状《さんじょう》に目を覆《おお》いたくなった。

昨日、数人がかりで敷き詰めたバラは踏み荒らされて見る影も無い。黒ずんだ花びらの合間に散らばるのは見覚えのある地味なスーツとシャツと、下着。床同様に乱れたソファを後目《しりめ》に奥のベッドルームへ向かうと、昨夜の様子が色濃く残った生々しいシーツなどが目に入る。その広いベッドの上でぐったりと眠っている小柄なお姫様が痛々しい。

まだ玉のような汗が白い肩を滑《すべ》っているところを見ると、社長が私に電話をかけてから、もう一戦挑《いど》まれてしまったのかもしれない。ご愁傷様《しゅうしょうさま》です。

とりあえずお嬢様を起こす前に部屋を少し片付けよう。バラの花びらもいつまでも放置されていては浮かばれまい。というか踏み荒らすなら撒《ま》かせるな。自分で撒《ま》いてみろ。

不平不満を静かに溜《た》めこみながら花や散らかった物をすべて片付けると、ベッドルームから物音がした。覗《のぞ》きに行けば、ようやくお姫様が目を覚ましたところだった。

「おはようございます」

声をかけると、彼女はまだぼんやりとした様子でこちらを振り返る。

目を逸《そ》らしたくなるのをこらえて、私は努《つと》めて優しい顔を作った。

（……手加減してやれよ）

彼女の白い鎖骨《さこつ》の下から覗《のぞ》く鬱血《うっけつ》に辟易《へきえき》したのだ。

「……おはようございます。井沢さん……」

当のお姫様は生々しい愛撫の跡をさらしていることに気が付いていないようだったが、胸元からシーツが滑《すべ》り落ちて慌《あわ》てて引き上げた。目が覚めてきたらしい。

「あの、湊さんは……？」

「社長は急ぎの会議に向かいました。お嬢様には申し訳ないと」

実際には、申し訳ないなどという言葉は一言《ひとこと》も聞いてませんが、一応そういう言葉を添えるのが秘書というものです。

私の一言に安心したのか、お姫様は恐縮《きょうしゅく》してベッドから降りてくる。

「ご面倒をおかけしてすみません。井沢さん」

「いえ」

ご面倒はこれからなんですヨ。

「朝食はいかがなさいますか？　お辛《つら》いようでしたらこちらへ運ばせますが」

私の気を利《き》かせた言葉に首を横に振り、彼女はラウンジへ出ると答えた。良い心がけです。お姫様がシャワーを浴びている間にお召し物が届いたので、シャワールームに用意する。

しかし出てきた彼女は悲鳴を上げた。

「このワンピースって……！」

そのワンピースは清楚《せいそ》で可憐《かれん》なお姫様に似合うよう、社長が揃《そろ》えた一品です。コンシェルジュに昨夜のうちに申し付けていたらしい。淡いベビーブルーと白のフリルを上品にあしらったワンピースで、デコルテに付けられたキスマークが絶妙に見え隠れしている。どこそこっていうブランドものらしいです。私も詳《くわ》しくは知らないから聞くな。

とりあえずいつまでもスリッパというわけにもいかないので、これまた社長が手ずから選んだという華奢《きゃしゃ》なミュールを差し出して、にっこり微笑《ほほえ》んでおく。

「佳苗お嬢様のお召し物はすべてクリーニングに出させていただいておりますので、しばらくこのお洋服でお過ごし下さい」

後日届けさせますので、と化粧台に座らせると、鏡の中のお姫様は困惑気味に私を見上げた。

「本日はこの井沢にお付き合いいただくよう、社長から厳命《げんめい》されております。何でも遠慮なくお申し付けくださって構いませんので」

「いえっ、そんな！」

恐縮《きょうしゅく》した様子で言うので、よしよしと内心うなずいておく。社長の命令は絶対だ。それもこのお姫様の身柄やスケジュールに関しては、寸分の遅れも失敗も許さないときている。

こちとらクビが危ないのだ。憐《あわ》れな兎姫には大人しくしていてもらわねば。

着替えも済んだようなので、素人《しろうと》仕事だが、ぱぱっとお姫様に化粧を施《ほどこ》す。

この化粧品類も社長が揃《そろ》えたって言ったら引くよね？　存分に引いてくれ。化粧品はおろか、彼女が今身に着けているであろう黒フリルの小悪魔ブラとパンツも社長の趣味だ。私もドン引きした。

「……井沢さんって素敵ですね」

――は？

という言葉を咄嗟《とっさ》に呑み込んだ私を誰か褒《ほ》めてくれ。

「すらっとしててお洒落《しゃれ》だし、お化粧でも何でも出来て」

何を言っているんだ、この小娘。

多忙と疲労を重ねて、格段に化粧のりが悪くなって久しい身だ。喧嘩《けんか》売ってるのか。

内心の暴言を胸に納《おさ》めつつ、私はにっこりと微笑《ほほえ》んだ。

「お褒《ほ》めにあずかり光栄です。ですが、お嬢様の可愛らしさに勝《まさ》るものなどありませんわ」

若さとは武器だ。男はどう言い繕《つくろ》っても若くて綺麗な娘が大好きなのだ。

「お洒落《しゃれ》もお化粧も、学べばいいのですもの。これからお嬢様が少しずつでも覚えていかれたら、きっと社長もお喜びになりますよ」

可愛い可愛い兎姫は私の言葉もまんざらでもないらしく、はにかむように微笑《ほほえ》む。

そうそう笑っとけ。彼女は大抵《たいてい》の人が通る道を一足飛びにしてしまえるシンデレラガールだ。

彼女が褒めてくれた私は今でこそ少しは見られるようになっているものの、オシャレに興味がなくて社会人となってようやく化粧筆《ふで》をまともに握ったのだ。秘書となってからはそれだけでは馬鹿にされたので、血の滲《にじ》むような研鑽《けんさん》を積んだ。未だにブランド名は怪しいが。そういう外面《そとづら》という盾《たて》を手に入れることも社会に出れば必要で、それは社会に揉《も》まれるうちに遅かれ早かれ身につけていくものだ。

しかし我らが兎姫は違う。

彼女にはすべてがお膳立《ぜんだ》てされている。社長というアスファルトみたいな土台に支えられて、まさしく赤絨毯《あかじゅうたん》を歩んでいるのだ。服も化粧品も、何でも一流のものが揃《そろ》えられている。これで化けない女はいない。

お姫様の準備を整えたらラウンジで朝食だ。その隣で私は本日のスケジュールを伝えていく。

「社長からもお聞き及びかもしれませんが、このあとはわたくしと共に行動していただきます。すでに社長がスケジュールを組んでおりますので、ご安心下さい。本日はよろしくお願いいたします」

ポーチドエッグにさじを付けていたお嬢様は「はい」と従順にうなずいて、

「今日はよろしくお願いします。井沢さん」

にっこり微笑《ほほえ》んで下さった。お姫様はやっぱ違うわー。もしも自分がこの状況に置かれたらドン引きしてる。

どこからどう見ても楚々《そそ》としたお嬢様を車で連れ出して一路《いちろ》向かうは、一見《いちげん》さんお断りのブティックだ。

えー、本日のご予定を申し上げますと、夕方にプライベートパーティーなるものがあるから、そこでお姫様を見せびらかしたいんだって。

こういう恋人の世話も秘書の仕事なのかって？

このパーティー、取引先の関係者も参加するから業務扱いになるんですよ。兎姫は社長の同伴者だからそれなりの装いをしなくちゃいけませんが、私はただの運転手です。今日はありがたくも休日出勤のお手当がつくようです。

自分一人じゃ絶対に入れない白亜《はくあ》のブティックの門をくぐると、笑顔の店員に下にも置かない様子でお出迎えされ、お姫様はすぐにフィッティングルームへ案内されていく。社長がぬかりなく手を回していたようだ。

「お久しぶりです。井沢さん」

残された私に妙齢《みょうれい》の女性がにっこりと微笑《ほほえ》んだ。このブティックの店長さまである。口元のほくろが何とも蠱惑的《こわくてき》な美女です。このお店には何度かお供《とも》しているので顔見知りなのだ。

「おひさしぶ……」

「またセール品のスーツをお召しですね」

うっ。どうして二着一九八〇〇円だとバレた！

「そのパンプスも百貨店のセールで一年前にお買い求めの品でしょう」

ううっ。何故《なぜ》三一五〇〇円だとバレた！

「相変わらずシャツのアイロンがけや、スーツや靴のお手入れは完璧なのに、どうしてそんな安物ばかりをお召しなのですか」

三連ヒットきたー。気分はアッパーカットを決められたボクサーです。

「……勘弁して下さい。私の安月給ではこちらで売ってる鞄《かばん》のチャームしか買えません」

聞いてくれ。この店はたかが鞄《かばん》のアクセサリーが一万円もするんです。一万円あればビールが何本買えると思ってるんだ。

「何も何か買えとお勧《すす》めしているわけではありません」

あ、言外《げんがい》に選外扱いされた。

何だか釈然《しゃくぜん》としない私に店長さまは滔々《とうとう》とご高説《こうせつ》をくれた。

「仮にも大企業の秘書ですよ。あなたには自覚が足りません。お仕えする方より良い品を身につけるのも良くありませんが、それなりの物を身につけていなければ今度は会社の品格を疑われることになります」

だったら給料上げてくれるよう社長に頼んでくれないかな。

そんな私を憐《あわ》れむように店長は静かに切り出した。

「今日はあなたもパーティーまでお付き添いだと聞いています」

「……ええまぁ」

「私の店では通常、レンタルは取り扱っておりません」

「存じております」

「ですが、本日は急務です」

「え?」

「日頃ご愛顧《あいこ》いただいている植村さまのためです。本日は特別に、あなたにドレスをレンタルさせていただくことにしました」

え、何それ聞いてない。私の役目はお姫様をエスコートする運転手だ。

お覚悟！　と言わんばかりに、大輪《たいりん》の花のようだった店長さまが般若《はんにゃ》の形相《ぎょうそう》で襲いかかってきた。

勘弁してくれ。生贄《いけにえ》は一人って決まってるんだよ！

こうして両者一歩も譲《ゆず》らぬ店長と私の攻防は、火蓋《ひぶた》を切ったのである。

「これがお似合いになると思います」と店長が持ち出してきたのは、いかにも高そうな紺《こん》色のイブニングドレスだ。こんな格好して運転出来ると思えない。

私は「今日の仕事はお付きの運転手ですから」と店長の攻撃を防ぎ続けた。何なんだよ、車の中で着替えればいいとか、そんなストリップ出来るか！

——お姫様のドレスが決まるまで続いた舌戦《ぜっせん》は私を大いに疲労困憊《ひろうこんぱい》させたが、「仕事中」のカードを切り続けて何とか自前の安スーツと安ヒールを死守した。

「またのご来店をお待ちしております」

完璧な営業スマイルだが、店長は舌打ちをせんばかりに私にお姫様のドレスを引き渡してくれた。ちなみにこれで五勝二敗だ。二敗を喫《きっ》した顛末《てんまつ》は聞かないでほしい。

お姫様は不思議そうに私と店長を見比べていたが、視線には構わず近くのレストランで昼食を勧めた。パーティーでは満足に食べられないこと必至だからね。パスタとパンのバイキングが目玉の店で、とりあえずお姫様をお腹《なか》いっぱいにさせてやるのだ。

私の食事？　彼女が食事をしている間も色々調整が必要なので、私が食べる時間はありません。彼女が食べ終わればすぐ次の目的地へ移動だ。

服が決まったら今度は化粧である。

「何度言ったら分かるの！　メイクは芸術なのよ！　アートなの！　その芸術性をどうして理解しようとしないの！」

ごめんなさい。私も分からない。

社長が手を回していたメイクスタジオで、ナウでヤングなシャツとズボンをコーディネートした美形がくねくねと身をよじらせながら、鏡台の前に座らされたお姫様を叱りつけている。

「化粧の手順は自分で覚えなさい！　パーティーが始まったら誰も直してくれないのよ！」

オネェ言葉はあれだが、彼自身は相当に端麗《たんれい》なお姿だ。すらりとした長身、ふわりと整えた淡い茶色の髪。実際、十代の頃はモデルを務めたこともあるらしい。

暇潰《ひまつぶ》しにスタジオのスタッフに略歴を伺《うかが》っていればまぁ色々出てくる。モデル仲間の女達が彼を取り合って事務所を辞めざるを得《え》なかったとか、今の金持ち向けのメイクスタジオを立ち上げた当時も女性問題がひっきりなしで、女優と噂が立ったとかなんとか。

「でも所長、今はこれ専門らしいんですよ」

これとスタッフが言うのは、今は男専門だという話。守備範囲ひろーい。

（しかし、そーかねぇ）

ガミガミとお姫様を叱っている様子を眺《なが》めていると、何だかそうでもない気がする。

「いい？　トップス、ボトムス、メイク、靴、すべてが芸術なのよ。完璧に身につけてこそ一人前のレディとなれるの」

そう言ってオネェ所長はお姫様の髪を指に絡《から》ませる。

「素敵なレディになるのよ」

所長のその顔は、まるで恋する乙女のようだった。

しかしお姫様は、言われた通り今宵《こよい》のメイクの手順を覚えるのに夢中で気がついていない。

うわぁ、嫌なもの見ちゃったよ。

王道のお姫様って本当にブルドーザーで土をかくみたいに男を虜《とりこ》にするんだわ。恐ろしい。

とりあえず何も見なかったふりをして、世間話《せけんばなし》に付き合ってくれたスタッフと合コンの打ち合わせをすることにした。

「植村の社員と合コン出来るなんてっ。井沢さん、ホントにありがとうございます」

さすがメイクスタジオとあって、数十名いる女傑《じょけつ》達はそれぞれが一騎当千《いっきとうせん》の美女揃《ぞろ》い。

「いやぁ、こちらこそ。でも、こちらの美形所長に比べればどうしても見劣りするかと」

私が苦笑すると女傑《じょけつ》の一人が女神の如《ごと》く微笑《ほほえ》んだ。

「手慣れた男より素朴《そぼく》な男の方が可愛いじゃない」

なるほど。イケメン揃《ぞろ》いだと評判の我が社の営業職も、こちらの女傑《じょけつ》にかかれば可愛いわんこに見えるらしい。さすが次元が違う。

えーよえーよ持ってけ姉さん。うちの社員なんかその美貌《びぼう》で食い潰《つぶ》せ。

私はそれ以上余計な口を挟《はさ》まず、取引先との会食で使ったことのあるオシャレな創作ダイニングレストランを押さえておくと約束した。あの鼻持ちならない営業の若造共を存分に召し上がれ。あいつら、庶務《しょむ》課を会社の小間使い程度に思っているのか、上から目線で雑用を押しつけてくるので正直嫌いです。

私が秘書課に移ると今度は合コンをセッティングしてくれとうるさかった。恨みをこらえつつ、転属してから掴《つか》んだ人脈で、女子大生から看護師まで色々セッティングしてやったよ。今度の美女達との合コンはその仕上げです。せいぜい百戦錬磨《ひゃくせんれんま》の女傑《じょけつ》に泣かされるがいい。

私が悪巧《わるだく》みをしている間に、お姫様の準備は恋するオネェによって美しく整えられた。

今夜のパーティーにお嬢様が選んだのは、ミントグリーンが爽《さわ》やかな膝丈《ひざたけ》のマーメイドドレス。前面は首まで襟《えり》がくるので楚々《そそ》として見えるが、背面《はいめん》は腰まで大胆に開いている。ほっそりとしたデザインが印象的な大粒の真珠のネックレスに合わせたイヤリング。アップにした髪にも真珠が光る。その真珠だけでヒラ社員の給料何ヶ月分か。

一見すると派手な装《よそお》いだが、ナチュラルなメイクが彼女の瑞々《みずみず》しい若さを引き立てて、大人の雰囲気を秘めやかに醸《かも》し出す。

目立ちはするが、これなら主催を食ったりしない。

「なるほど、目元のゴールドシャドウが肝ですか」

「さすが井沢。分かってるわね」

お姫様を丁寧《ていねい》にエスコートしてきたオネェ所長がこちらにウィンクを寄越《よこ》すので、とりあえず「ありがとうございます」とだけ述《の》べておく。そういや昨日もオネェに絡《から》まれたな。流行《はや》りなのだろうか。

本日はお姫様の腰巾着《こしぎんちゃく》なので、私は彼女への賛辞も忘れない。

「佳苗お嬢様、とてもお綺麗ですよ」

「……ありがとうござます」

はにかむな、お姫様。隣のオネェの皮をかぶった狼が今にも襲いかかりそうな顔をしてるよ。

「――良かった。間に合ったな」

ざっと空気を変えるみたいに入ってきたのは、当然社長さまである。

堂々たる体躯《たいく》をしてらっしゃるのでタキシードがよくお似合いです。

つかつかと優雅に近づきお姫様の隣に立つと、甘い笑みを浮かべて一言。

「綺麗だ。……しかし困ったな」

「え？」

「このまま連れ去りたくなるよ」

あぶない。バイキング食べてなくて助かった。お昼食べてたら吐いてた。危険な台詞《せりふ》を並べるなよ、ロリコン社長。

「今日もいい腕だな、礼を言う」

おおらかに微笑《ほほえ》む社長に、所長もにこにこと微笑《ほほえ》む。

「飾り甲斐、教え甲斐のある子だもの。楽しませてもらったわ」

錯覚だろうか。見目いい男達の間で火花が散っているのが見える。

どうでもいいけど社長、オネェ所長がお姫様のこと割と本気で好きなの気付いてるね？

しかしこの状況を知ってか知らずか、お姫様は恋人の顔を仰ぎ見る。

「湊さん、ご飯は食べたの？　今日もお仕事だったって聞いたけど」

可愛いお姫様のご意見に、さしもの社長も険《けん》を引っ込める。

「ああ、仕事でまだ食べていない」

「ダメじゃない！　ちゃんと食べなくちゃ！」

兎姫のお小言にも、社長は子猫のいたずらを見守るような顔で「ああ、分かった」とうなずいて、

「井沢。どこかで軽食を食べて行くぞ」

一言こちらに寄こしてきました。はいはい。時間調整しろってね。

ただいま時刻は十五時。パーティーは十八時で、このスタジオから会場の金持ちの私邸《してい》まで一時間ぐらいかかる。あーはいはい、そうですねー。オシャレで美味《おい》しい料理じゃないと社長はお召し上がりになりませんもんね。

もういっそのこと、ここから十五分の山の手のレストランに行った方がいいな。高速から迂回《うかい》すれば、帰宅ラッシュと逆行するから混まないし。今日は社長という財布がいるんだから高速代をケチる必要はない。

「では、すぐに車を回して参ります」

算段を立てつつ、オネェ所長とその仲間達に辞去《じきょ》の挨拶《あいさつ》を述《の》べてスタジオを出ると、レストランへ予約を入れる。忙しいからって、他人様《ひとさま》の前で断りもなくスマホなんざ使えませんからね。最低

限の礼儀です。

レストランにはこれから十五分ぐらいで着くからと軽食を依頼する。ランチタイム明けでシェフは暇だったらしく、お伺《うかが》いを立てたコンシェルジュは二つ返事でうなずいてくれた。助かります。

スタジオ正面に車を回して主役の二人を後部座席に乗せたのはいいけど、あの、やめてくんないかな。人目はばからずベロチューとか。化粧が剥《は》げるだろうが。社長、あんたホントにケダモノだな。

＊＊＊

昼下がりの空《す》いた道路を山の手へ向かうと、閑静《かんせい》な住宅街が見えてくる。その一角に大正時代に建てられたという瀟洒《しょうしゃ》な洋館はあった。銅板《どうばん》の屋根は緑青《ろくしょう》に変色し、その壁面は緑青《ろくしょう》が映《は》える白。蔦《つた》バラの絡《から》んだアーチをくぐると整然と花壇《かだん》の並ぶ小庭が広がり、半円の玄関ポーチが見えてくる。ポーチに立つと、アール・デコ調のドアが来客を迎えるのだ。

この洋館こそ、社長のお気に入りレストランの一つ、ビストロ・ビヤンモンジェである。

住宅街の中にあるが駐車場も邸《やしき》のすぐそばに完備されていて、送り迎えが楽なので私も好きだ。

社長とお姫様をレストランのコンシェルジュに任せると、私はメイクスタジオの女傑《じょけつ》達と約束した合コンの会場を押さえにかかる。

「ええ、ええ、金曜日って皆さんそちらさまをご贔屓《ひいき》ですよねぇ。そこを何とかねじ込めませんか。今度社内の飲み会でもそちら使わせていただきますから。ええ是非《ぜひ》」

とか何とかやってるうちに。

——ぐぅううう。

私の腹が空腹に耐えかねて泣き叫び出した。

お腹《なか》減ったー。まじで止《や》めてー。

何か食べようか。いやしかし、このレストランは一般客に辛《つら》い料金設定だ。

なんなの、紅茶一杯一五〇〇円って。ふざけてんのか。そんな美味《うま》い茶なんぞいらないから、ビールくれ。行きつけの居酒屋ならジョッキで飲んだってせいぜい五〇〇円だ。

だが、腹は背に代えられぬともいう。この近所の食事処《しょくじどころ》といえば、紅茶一杯一五〇〇円のオシャレカフェばかりである。コンビニなんて当然ない。

私は深い溜息《ためいき》と共にフカフカでいい感じのソファで項垂《うなだ》れた。

幸いディナータイムにはまだ早いので、アンティークなソファセットが置かれたラウンジには私の他に人はいない。思う存分不平不満を垂れ流せるというものだ。

(疲れたー。お腹《なか》減ったー)

煙草《たばこ》を嗜《たしな》む性質でもないので、この空腹を紛《まぎ》らわせる術《すべ》を持たない私だ。

いつもの鞄《かばん》なら携帯食の一つや二つや三つは隠し持っているが、今日はパーティーにお供《とも》するから地味で小さなセカンドバッグのみ。財布とスマホとハンカチぐらいしか入ってない。

「——どうしたの、お腹《なか》空いた?」

くすくすという笑い声でハッとする。

（しまった、人か）

しかし姿勢を正して顔を上げて、私は後悔した。

「昨日ぶり」

どういうわけかセレブ御用達《ごようたし》レストランに、昨夜の金髪美形がにっこりと微笑《ほほえ》んで突っ立っている。

さすがに昨晩のミリタリーコート姿ではない。そのままガーデンパーティーにでも行けそうな、さっぱりとしたアイボリーのスーツを着ている。それが日本人ではまず見かけない彫《ほ》りの深い顔立ちと相まって、彼にはこのレストランがよく似合う。

だがそんなことはどうでもいい。問題はここに逃げ場がないということだ。

うあー、こいつもセレブか。セレブなのか。

だったらうちの社長の顔とか知ってたりするのか。そうすると私が植村に勤めてることも知っちゃったりするのか。さすがに私個人について知りたいとまでは考えてないと思うが、商売敵《しょうばいがたき》だとしたら何を言われるか分からない。

「……昨夜は、助けていただきありがとうございました」

「うん、どういたしまして。ビールごちそうさま」

ご尊顔《そんがん》がにっこりと微笑《ほほえ》んだ。

あ、なんか怒ってる。

何だよ。私、あんたに何したよ。快《こころよ》くビールをくれてやったでしょうが。

「今日はどうしたの？　こんなところでお腹空《なか》かせて」

「いえ、お構いなく」

とりあえず店の外に逃げようとしたが、金髪はその長身を利用してラウンジの出入り口を塞《ふさ》いでしまった。

「レストランで空腹抱えてるなんて、どういうことだよ。持ち合わせがないとか？」

ずばりと言うな。日本人は図星《ずぼし》に弱いんだ。

ここで私の食事代も経費として落とすことは可能だが、私の空腹と業務の関連性は限りなく遠い。

「人を待っているだけですので。お目障《めざわ》りでしたら、外へ参ります」

目障《めざわ》りってどうしたの、良い子の私。口の悪さが出てしまってるよ。

空腹で気が立っているようだ。しかし私の挑戦的な言葉にも、金髪は面白がるように微笑《ほほえ》んだだけだった。

「ああ、邪魔だね。僕の店で空腹の客がいるってことが気に入らない」

僕の店？

訝《いぶか》る私に、金髪は謎かけの答えを教えるように、ラウンジの壁をトンと指でつついた。

「知らないの？　この店の名前。ビヤンモンジェはフランス語で満腹。ビストロ・ビヤンモンジェで、その名も満腹亭《まんぷくてい》」

オシャレなフランス語のくせになんだ、その早い・安い・美味《うま》い定食屋みたいな名前。この店は安くないですよ。

「この立地と有形文化財《ゆうけいぶんかざい》の建物を買い上げたおかげで、価格設定はちょっと高いけど、味は保証するよ」

それだけのシェフとスタッフを揃《そろ》えたしね、と金髪は自信あり気《げ》に言った。

有形文化財《ゆうけいぶんかざい》って買えるのか？　確かに調度品《ちょうどひん》もお金かけてますね。

というか、こちらのお店のオーナーさまですか。恐れ入りました。昨日のオネェ言葉を思い出したが、はっきりと話す言葉を聞く限りそちらの方ではないようだ。

「オーナーとは存じ上げず失礼いたしました。ですがどうぞ、わたくしにはお構いなく」

鉄壁の営業スマイルで慇懃無礼《いんぎんぶれい》の体《てい》を取る。

この金髪は無礼もおだても通じない面倒臭い相手だ。このまま逃げてしまうに限る。

主役二人を会場まで運んでから遅いランチタイムをと思っていたが仕方ない。車でコンビニかファーストフードのドライブスルーに行こう。ここからそう時間はかからない。

そうと決めれば私は金髪の脇をくぐり抜けようと試みる。金髪は社長と同じかそれ以上の長身だ。彼の脇をすり抜けるなどまるで子供の輪くぐりだが、プライドと空腹は天秤《てんびん》にかけるべくもない。

不思議そうな顔をする金髪の腕をくぐってラウンジから出ようとしたが「分かった」と金髪に腕を取られた。はーなーせー。

「ちょっと待ってて」

はぁ？

「逃げたら追いかけるから」

そう言いおいて、金髪オーナーはスーツを翻《ひるがえ》してラウンジを出ていってしまった。

何なんだ。微妙な脅《おど》しを残して行くな。

追いかける？　セレブのくせにバカなのかアホなのか。

休日に安いパンツスーツ着てオシャレなレストランのラウンジで唸《うな》ってる女が、仕事以外で来ていると思うのか。

（無視して出よう）

即座に決めた私だったが、バッグの中でスマホがバイブをブーブー鳴らした。

ラウンジから玄関の脇へと出て、客からも店員からも死角になる場所で電話を取る。

「はい、井沢です」

『三コール以内で出ろと言っただろう！』

主任の石川《いしかわ》だ。社長秘書の筆頭でとにかく厳しくて言い訳が通じない。若くして主任になったイケメンだが、その口の悪さで秘書課での人気は限りなくゼロである。

「すみません」

『それでお守《も》りはどうだ』

石川の切り替えの早さはさすがだ。

「こちらはスケジュール通りです。今は、社長とお嬢様がパーティー前に軽食をということでしたので、山の手のビストロ・ビヤンモンジェでお食事中です」

『分かった。じゃあ食事が終わったら、社長に折り返し連絡を下さるよう伝えてくれ』

「何か問題でも？」

『早く耳に入れたい連絡事項が増えただけだ』

ここで私にも言わないってことは社外秘《しゃがいひ》なのか。社長には車の中で連絡を入れてもらって、私は外でお嬢様の相手でもするか。

『あのバカ、パーティーまでは時間があるっていうのに会議を途中ですっとばしてそっちに行ったからな。これぐらいの邪魔は許容してもらう』

石川主任は社長とは幼馴染《おさななじみ》らしい。だからこういう軽い愚痴《ぐち》もすぐに出てくる。

「分かりました。伝えておきます」

もちろん愚痴《ぐち》以外の連絡事項だけ。お楽しみ中お邪魔しますとかいうふんわりした謝罪も含んでおけば完璧だ。

『沖島《おきしま》がお前に用があるそうだ。代わるぞ』

ふっと電話越しに人の離れる気配がしたかと思うと、明るい声が聞こえてくる。

『はいはーい。井沢ちゃん元気ー？』

「はい」

沖島先輩は私より年下だが、社長秘書に抜擢《ばってき》されたエリートだ。チャラい男だがプライドも高いし石川の次に仕事に厳しい。

『反応が面白くないなぁ。まぁいいや。今度さー丸山物産《まるやまぶっさん》の連中と合コンやるんだけど、井沢ちゃんも来ない？』

「申し訳ありません。先約がありましてしばらく余裕がありません」

我が社の営業の若造どもを女傑《じょけつ》のお姉さま方に献上《けんじょう》するという任務がありますので、準備に忙しい私には暇などございません。

というか、暇が作れるなら、買い物に行かせてくれ。我が家にはもうまともな食べ物がないんです。

『えー、面白くなーい。最近かわし方が堂に入っちゃってつれないなぁ。昔の可愛い井沢ちゃんはどうしたのさー』

どうしたと言われても。あんたその手で何度、私をからかったよ。あんた狙いの女の嫉妬《しっと》を浴びて死にそうになったこともあるんだぞ。

『ちょっと沖島！　くだらない用件なら、さっさと石川さんと代わりなさい！』

沖島の後ろで怒鳴っているのが、水田《みずた》先輩。私より一つ年下で秘書課イチの美女だ。仕事が出来てプライドは富士山より高い。私に秘書課の薫陶《くんとう》を授《さず》けて下さったのも彼女だ。

以上、この三人に主《おも》にイジメられていた。過去のこととはいえ、いい経験になったと思い出にするには恨みが未だ深い。転属したばかりの頃は、この人達のお陰で他の秘書からも総スカン食らったのは、よく覚えておりますとも。

『いつまでグダグダ喋《しゃべ》っているんだ、井沢！』

えー、私が怒られるんですか。何も喋《しゃべ》っていませんが。

どうやら石川が携帯を取り返したらしい。この漫才《まんざい》具合で仕事が進むんだから不思議だ。こっちはいつだって残業ですよ。あんた達が手伝ってくれれば早く終わるし、今もドライブスルーへ行けるんだけど。

「……誰と喋《しゃべ》ってるの？」

不意に、石川の声が遠くなる。

ひやりとする気配が急に現れて、私は首を竦《すく》めそうになった。

大抵《たいてい》のことに驚かなくなっていた私の背を、氷ででも撫《な》でるような。

首を傾《かし》げてみると、金髪が私のスマホを取り上げていた。

（何）

「逃げるなと言っただろう」

低く冷たい声だ。

どうしてそんなに冷たい目をしている。逸《そ》らすことも出来ず見つめ返すとその瞳が黒いことに気がついた。日本人でもそうはいないだろう。混じりけのない黒だ。

その黒が、私を見下ろして笑いもしない。

とはいえ笑えないのはお互いさまだ。いい加減にしてほしい。

「スマホを返して下さい」

「僕の質問に答えるのが先だ。誰と喋《しゃべ》ってた？」

金髪のしつこい質問に、私の我慢は消えた。

「はぁ？　仕事の電話に決まっているでしょう。あなたはバカなんですかアホなんですか。変質者扱いされたくないなら黙ってスマホを返してください。私はランチも満足に食べられないほど忙しいんです」

言いたいことはまだあったが、ボケっとした顔になった金髪からとりあえずスマホを取り返す。間抜け面するくらいなら絡《から》まないでいただきたい。案の定、電話の向こうでは石川が怒り心頭《しんとう》で怒鳴っている。

『誰が馬鹿だと？　さっきの男は誰だ！』

鼓膜《こまく》に悪いから受話器から耳を離しておく。

「このレストランのオーナーだそうです。何か勘違いされたらしく質問を受けていただけです」

『はぁ？　オーナー？　こんな時間からお前にちょっかいかけるような暇なオーナーがいるか！　第一、そのレストランのオーナーは海外にいるはずだぞ』

そんなことは知りません。というかそんなことよくご存じで。

「よく分かりませんが、本人がそう名乗られましたので。連絡事項は先程の通りですか？」

『井沢ぁ、帰ってきたら覚えてろ。連絡事項は以上だ。切るぞ』

言うが早いかブツリと通話は途切れ、待ち受け画面に戻った。

時計を見ると、もう十分もロスしている。ちくしょう。

「……それで、何事ですか。オーナー」

こちらを無言で見下ろしてくる金髪に問うと、彼は恐る恐る口を開いた。

「えっと……君は仕事中なのか」

「ええ」

「今日は……仕事で」

「そうです」

「ランチは」

「おかげさまで未だありつけておりません」

簡潔に答えると金髪オーナーはとうとう押し黙った。今日は厄日《やくび》か。

「では、失礼いたします」

私は慇懃無礼《いんぎんぶれい》を振りかざして辞去《じきょ》することにした。コンビニが私を呼んでいる。

「待った！」

押し黙ってたはずの金髪が、またしても大きな手で私の腕を掴《つか》んだ。何なんだよいったい。

体面《たいめん》を繕《つくろ》うのも面倒で不機嫌に見上げると、金髪の美形は大層困った顔をしていた。

「お詫《わ》びに、軽食だけどランチを食べていってくれ。もう用意してある」

「せっかくですが、ご遠慮させていただきます」

「ぐずぐずしてられないんだろう？　だったら食べていくといい。いや、食べていってくれ。君のためにラウンジに用意したから」

確かに時間はない。餌《えさ》につられるのは悔しいが、空腹を前にプライドは捨てるべきだろう。

それに何だか頭がぐらぐらする。このまま車に乗ったら確実に事故だ。

「……ご厚意感謝いたします」

それでも、恨みがましく金髪を見上げたのは私憤《しふん》だと言ってくれて構わない。

金髪が用意してくれたおやつ時間のランチは、私の普段の昼食からはおよそ考えられない豪華さだった。

内容はサンドイッチと紅茶だ。しかし大ぶりのＢＬＴサンドやフルーツサンドまで加えたカラフルな皿は私の腹を充分に満たし、香り高い紅茶は空腹でささくれた私の自制心をいくらか回復させてくれた。

空腹は最高のスパイスとはよく言ったものだ。目の前で無駄ににこにこした目障りな金髪オーナーがいても気にならない。強気な価格設定のレストランだけあって大変美味《おい》しゅうございました。

「ごちそうさまでした」

「お粗末《そまつ》さま」

磨かれた銀盆《ぎんぼん》に皿を引いて、オーナー自《みずか》ら紅茶を淹《い》れて下さる。

ずいぶんとウェイターが板についているオーナーだ。

そういや私が食べてる間、このオーナーはずっと立ちっぱなしだった。今更私が席を立つのもおかしいから、礼と一緒に謝罪も添えた。

「おかげさまで落ち着きました。ありがとうございます。オーナーに給仕をさせてしまい、申し訳ありません」

「お客様をもてなすのは当たり前でしょ」

人手の足りない時にはたまにウェイターとして立つという。そんなにスタッフが足りないとも思えないが、時折貸し切りで行われる披露宴《ひろうえん》などの小規模パーティーでは手が足りない時もあるらしい。でもこんな目立つ金髪がウェイターをやってたら、他のスタッフはさぞ仕事がしにくかろう。

働き者のオーナーはいつの間にかサイドテーブルをずらして、私の隣に腰かけてくる。出された紅茶も実に美味《おい》しい。茶葉が高いからか。

「美味《おい》しい？」

素直に美味《おい》しいと答えるのも何となく悔しくて私は別のことを口にした。

「フレンチレストランでＢＬＴサンドを出すんですね」

私の意地の悪い質問にも金髪はにこにことうなずいた。

「僕はイギリス暮らしが長くてね。厨房《ちゅうぼう》の隅《すみ》を借りて作ったんだけど、口に合わなかった？」

オーナー自《みずか》ら振る舞ってくれた昼食だったのか。「目の前の金髪がウザかった」と答えたかったが、すでに豪華な昼食は腹におさめてしまった。私は渋々口を開く。

「……美味《おい》しくいただきました。ありがとうございました」

私のつっけんどんな礼に金髪は「良かった」と微笑《ほほえ》んだが、ふと顔を曇《くも》らせてこちらを覗《のぞ》き込んできた。

「……さっきはごめん。立ちくらみしてたよね」

気がついてたなら無茶をさせないでほしい。睡眠三時間はさすがにキツイんだよ。

「昨日、あのあとちゃんと寝た？」

「シャワー浴びて寝ましたよ」

お腹《なか》が動けば頭が鈍《にぶ》る。どうしよう、猛烈に眠い。

金髪はこちらの様子などお構いなしに喋《しゃべ》るから今だけありがたい。寝たら死ぬぞ。雪山だと思え。

「さっき無理に掴《つか》んじゃったから、スーツがシワになったね。新しいスーツをプレゼントさせてもらうよ」

「そんなものが贈られてきたら、分別ごみに出して引っ越します」

マイフェアレディは兎姫一人でいい。

私はそんな王道の女じゃない。

そもそもシワが出来たぐらいでスーツを新調するって、どんなアントワネット。

「私はお姫様ではありませんので」

「どうして？　僕から見れば君もお姫様だよ」

お姫様は一人だからお姫様になる。

お姫様や王子様が大勢いたら、世の中大変だ。

幸いなのか悲しいのか、私の冷めた気質はもはや体質らしい。金髪のようなイケメンを前にしても反射的に先立つのはトキメキではなく不信感だ。

目立つのは大嫌いだし、いい男はもっと嫌いだ。

不細工だろうがデブだろうが、ハゲだろうがファッションセンスがなかろうが、そんなことはどうでもいい。特別不潔だとか借金持ちは困るが、付き合うならただ普通で優しくて、穏やかな人がいい。

私を、私として見てくれるような。

「――君は、なんてプライドの高いお姫様なんだろうね」

くすくすと笑う声がさざ波のようだ。

ふわりと香るのは紅茶だろうか。

(どうしてだろう)

隣にいるのは得体《えたい》のしれない男なのに、うまく繕《つくろ》えない。

自分がまるで駄々《だだ》をこねて甘えるだけの子供になったみたいだ。

私はたゆたう波間に身を任せて、そのまま穏やかな眠りの海へと潜《もぐ》っていってしまった。


——ピピピピピピピピ!

電子音で目が覚めた。スマホの目覚ましアラームだ。

(……目が覚めた?)

がばっと身を起こす。

うわーうわーうわー、何てこった寝てたよ!

辺りを見渡せばそこは変わらずラウンジで、スマホの時計は十六時になろうとしていた。食べてからあまり経っていない。

しかしアラームなんかかけて準備万端で寝たっけ。何か忘れてる気がする。

寝ていたソファは座っていたはずのソファで、スーツもきちんと着ている。サイドテーブルの紅茶のカップは片付けられていて、一枚のメモだけが残されていた。


〝おはよう。

怒ると思ったけどスマホをいじってアラーム設定しておいたよ。時間通りに起きたなら幸いだ。

君の待ち人もそろそろお帰りになる時間じゃないかな。

今度はディナータイムにおいで。ご馳走《ちそう》するよ。

じゃあ、またね。

レオ。〟


れお？

あの名作のライオンの？

いかん。まだ頭が寝ぼけているらしい。

私は頭を振って燻《くす》ぶる眠気を飛ばすと、鞄《かばん》からペンを取り出しメモの裏に書き殴った。スマホはロックをかけていたはずだが、いじったということは暗証番号を解読されてしまったということか。すぐ暗証番号を変えよう。ゼロ四つで分かりやすかったけど。


〝おはようございます。

ラウンジではご馳走さまでした。

サンドイッチと紅茶をありがとうございます。美味《おい》しくいただきました。

代金はどれぐらいか分かりませんでしたので、メモと一緒に預けておきます。

感謝の気持ちと汲《く》んでお納《おさ》め下さい。〟

そう書いて、食費か酒代《さかだい》になるはずだった五〇〇〇〇円を添えた。紅茶一杯が一五〇〇円の店だ。チップの相場は分からないが、とりあえず食べた分ぐらいにはなるはずだ。

ソファを立つと、ちょうどコンシェルジュがラウンジを覗《のぞ》きにきた。彼に代金とメモを渡すと、壮年のコンシェルジュは心得《え》たように上品に微笑《ほほえ》む。

「よろしいのですか？」

「申し訳ございませんが、よろしくお伝え下さい」

そうこうしているうちに、社長と姫がお出ましになった。車までお連れして、石川に連絡を取る必要がある社長だけを車に押し込める。とりあえず調べてあるので盗聴の心配はない。

「お忙しいんですか？　私ばっかりご飯食べちゃって、井沢さん全然食べてないじゃないですか」

ようやく気がついたか兎姫。

「お気になさらず。お嬢様は今日のパーティーのことだけをお考え下さい」

兎姫のお化粧は少し整えた方がいいかもしれない。社長がいたずらするしな。

店の化粧室を借りて兎姫の化粧を直して車へ戻ると、社長が外聞《がいぶん》もなく宝物を取られた鬼みたいな顔で待っていた。

「どこへ連れて行っていた」

「化粧室です。お嬢様のお化粧を直させていただいておりました」

そう言ってやると、社長はしかめっ面で威嚇《いかく》してくる。

「勝手をするな」

「申し訳ございません」

「井沢さんを怒らないで下さい！　私のお化粧を直して下さったんです！」

鶴の一声《ひとこえ》で社長の機嫌はたちまち治った。

はいはい、ようござんした。しかめっ面するぐらいなら、事あるごとにいたずらするんじゃないよ。このロリコン社長。

すでに二人の世界に入った主役達を後部座席に押し込めると、私は遠慮なく高速を使ってパーティー会場へと向かった。

あー疲れた。

＊＊＊

目的地に着く頃には、すでに日は地平線へと半分ほど落ちていた。

社長と姫を会場へ送り出して駐車場に車を止めると、私はようやく一息つく。

ここまでくれば、私の仕事はあと半分。しばらくは待ち仕事だ。

会場の隣に設《もう》けられた駐車場は広く、付添い人は車を停《と》めて、専用に設《もう》けられているラウンジで休むことができる。しかしそこも社交の場。アッパーの噂話などで駆け引きしながら、コーヒーか紅茶を飲むので休めない。面倒だから車で寝るのが一番いい。

「――おい、井沢」

コンコンと運転席の窓を叩くのは、ダークスーツの決まったイケメンだった。確かナントカ物産の社長秘書だ。彼の流し目は有閑《ゆうかん》マダムも落とすと評判で、今も妖しく微笑《ほほえ》んで私に車から出てこいと指図している。

無視して寝てやろうかとも思ったが、こいつのしつこさはナメクジ並みだ。

仕方ないので窓を開けてイケメンを見上げる。

「お久しぶりです。滋田《しだ》さん」

「相変わらず地味だな、お前」

この滋田という男は、マダムやレディには伊達男《だておとこ》よろしく丁寧《ていねい》な言葉遣《づか》いをするくせに、私にはまるで犬のしつけをするような話し方だ。

「安スーツをそれだけ綺麗に手入れ出来るんだから、ちょっとはマシな格好しろよ。というか、その腕前があれば店開けるんじゃないか？　お洋服の手入れ、靴の手入れ何でもござれって。そうなったら俺の靴も頼むよ」

「滋田さんは靴のかかとが一ミリすり減るたびに新調するんですから、手入れなんか要りませんよ」

「手入れは全部、家政婦の仕事だったから。一人暮らし始めて驚いたもんよ」

そういやこの滋田秘書もどこぞの金持ちのぼんぼんだ。自慢されたことがあるけれど、かなりどうでもいいことだから忘れてた。

「ところで、滋田さんはラウンジに行かないんですか」

中身が坊ちゃんだろうが何だろうが、顔がいいから滋田はモテる。どこそこの会長秘書のお姉さんとパーティーの最中に消えるなんてザラだ。今日もその腹積もりだろう。

「どうぞ私に構わずラウンジに行ってください」と殊勝《しゅしょう》なことを言ってみたのに、滋田はしつこかった。

「そうそう、それ。何で井沢は行かないの」

どうして今日に限って私に声かけるんだよ。いつも無視だろ。からかうだけだろ。

ごくたまにだが、この人は私の姿がラウンジに無いと探しにくることがある。

「まさか、こんな車の中で寝ようなんて思っちゃいないよな？」

何故《なぜ》バレる。だが、顔に出したら秘書失格だ。

「いいえ。急用を思い出しました」

しれっと車を出てロックしていると「急用？」と滋田秘書が訝《いぶか》るので、顔色を変えずに言ってやる。

「はい。滋田さんは楽しんでらして下さい。では、失礼いたします」

確か少し離れたところにコンビニがあった。夕飯でも買おう。

「おーい、どこに行くのか知らないが、気をつけろよー」

お節介《せっかい》な滋田の声は聞こえないふりをして、私はだだっ広い屋敷を抜け出した。

高級住宅街とはよく言ったもので、どこもかしこもお屋敷ばかりだ。景観のために街灯《がいとう》を減らしているせいか夜道は暗い。だが治安はいいらしく、昨夜のようなチンピラの姿はない。ようやく見つけたコンビニの店員もどこか品が良かった。

いい運動をして屋敷まで帰ると、時計は未だ午後九時を指したばかり。まだまだ宴《えん》もたけなわだ。さすがの滋田も車のそばで待っているほど暇人ではなかったらしい。彼の姿がないことを確認すると、私は車の運転席にようやく腰を落ち着けた。

チョコパン、ジャムパン、カレーパン。どれから食べるかなー。

私は誰も見てないのを良いことに、行儀悪くハンドルにもたれて三つのパンを平らげにかかる。

そうよ。私が求めてたのはこのチープな味よ。これ、三つで三百円なんですよ。あとは野菜ジュースを飲めば晩餐《ばんさん》は完璧だ。これでも栄養バランスには気を遣《つか》っているんです。体力仕事だからね！

思えば今日は面倒くさい日だった。

社長が面倒なのはいつもだけど、店長には服を剥《は》がされそうになるし、石川には怒鳴られるし、沖島にはからかわれるし、滋田には絡《から》まれるし、兎姫は相変わらず空気読めないし。

そして百獣《ひゃくじゅう》の王みたいな名前の金髪オーナー。あいつが一番面倒だった。あの店にはしばらく近づかないでおこう。

面倒ばっかりだったが、さすがにもう何もないはずだ。一人の至福を楽しもう。

しかし、野菜ジュースのパックをずぞーっと飲んでいるとスマホが鳴った。

『早く会場へ来い』

いつもながら社長のご命令は簡潔です。

急いで身形《みなり》を整えて、車に備えてある消臭剤を撒《ま》いておく。カレーパンの匂いが残ってると怒られるんですよ。

適当にごみを始末してから急ぎ足で会場へ入ると、きらびやかな会場が何だか騒然としていた。

騒ぎの中心は、社長と、お姫様と、もう一人のお姫様。

確か、社長に懸想《けそう》してたご令嬢ですね。

「この方がぶつかってきたせいで、カクテルが零《こぼ》れたのよ！　私のドレスにシミがついてしまったわ。謝罪していただきたいわね！」

顔を真っ赤にしたご令嬢はカクテルグラスを持ったまま、怒りが冷めないご様子。よく見ればシックで素敵なドレスの袖に一滴だけシミが見えた。帰国子女らしいが、現地の方もびっくりの押しの強さだ。

「非があるなら謝罪が必要ですね。非がどちらにあるかは、誰の目にも明らかですが」

口調は穏やかだが、社長が今にも牙を剥《む》きそうな様子で指したのは兎姫のドレスだった。彼女はカクテルを胸から腰にかけて思い切り浴びていて、酒の臭《にお》いがぷんぷんする。

こういうことはよくある。大抵《たいてい》は兎姫のおっとりに調子を狂わされたり、社長のひと睨《にら》みで引き下がるんだけど、今日はうまくいかなかったらしい。

「どうします？　騒ぎを大きくした上、まだ茶番を演じますか？」

社長の言葉にご令嬢は唇を噛《か》む。彼女もこれが当たり屋行為だと分かっているのだ。

はーいはーい、これ以上騒がないでねー。

私はバッグに常備してあるハンカチを兎姫に渡して、彼女の盾《たて》になるように立つ。泣いたりして騒がないのはえらいよ。

「この方は少し調子が悪いようだ。私達も今夜はこれで帰らせていただきますが、みなさんは気にせずお楽しみ下さい」

謝罪も入れないで場を制した社長はさすがです。陰険腹黒《いんけんはらぐろ》。

社長が主催に辞去《じきょ》の挨拶《あいさつ》に行ったので、私も兎姫を連れて立ち去ろうとする。だが、野次馬《やじうま》も散り始めた中で例のご令嬢が道を塞《ふさ》いだ。

「まだ、この方からの謝罪を聞いてないわ！」

海外仕込みの押しの強さで、般若顔《はんにゃがお》のご令嬢が右手を伸ばしてくる。兎姫を捕《と》らえようと熊手《くまで》になったご令嬢の爪が力任せに振り下ろされる。よく磨かれた長い爪にはきらきらとしたカットストーンが見えた。

——ああ、それはいけない。

ガッ！

床に落ちたのは、赤い斑点《はんてん》。

ご令嬢の手が当たった頬が痛い。どうやら彼女の凶器と化した爪で頬を引っ掻《か》かれたらしい。修《しゅ》羅《ら》場《ば》か。

「井沢さん！」

今まで慌《あわ》てず騒ぎもしなかった兎姫の悲鳴がうるさい。せっかく後ろに庇《かば》ったというのに、私の腕を引っ張ってくる。うっとうしいのもいい加減にしないと、そろそろ怒鳴るぞ。

おーい、姫のナイトはどうしたよ。こんちくしょう。

「佳苗！」

慌《あわ》てて戻ってきた社長が兎姫の手を引いて、私から引き離した。

あーそっか、あんたナイトじゃなくて王様だったね、社長。

溜息《ためいき》と一緒に、馬鹿馬鹿しくて笑い出したくなる。なんて茶番なの。

ご令嬢の爪が当たった頬が痛い。

どうやら凶器と化した彼女の爪で引っ掻《か》かれたらしい。

左手にお持ちの空のカクテルグラスを振り回すほど理性が飛んでなかったようで良かった。割れたガラスなんかで顔切ったら何針か縫《ぬ》うはめになっただろう。

でも痛い。めっちゃ痛い。

このケガ、労災出るんだろうか。

触ってみるとまだ血が流れている。思いのほかざっくりいったらしい。運の悪いことだ。

当の加害者お嬢様の方は、他人を直接傷つけたのが怖いのか失態が怖いのか、今度は青ざめている。忙しいこった。

先程よりも騒ぎが大きくなったので、今やウェイターでさえこちらを遠巻きにしている。

兎姫に渡してしまったからハンカチはもうない。私は床についた自分の血をさっと指で拭《ぬぐ》う。まだ乾いてないからほとんど跡だけになった。まぁ、あとで掃除してくれ。

「井沢」

短く私を呼んだ社長は震える兎姫の肩を大事そうに抱きながら、こちらを渋い顔で見ている。騒ぎを大きくしたのは私じゃないんだから、責めるように見ないでほしいものだ。

「社長はお嬢様を連れて車寄せへ向かってください。私は主催の方にご挨拶してからお迎えに参ります」

「井沢さん、傷が……！」

兎姫が社長の腕の中から泣きそうな顔で騒ぐので、私はにっこりと微笑《ほほえ》んだ。

「かすり傷ですのでご心配なく」

これから忙しいんだから大人しくしてろ、兎姫。

対して、加害者のご令嬢は謝罪も出来ずに立ち竦《すく》んだままだ。

こっちにも構ってられるか。私は社長達を会場から追い出し、ご令嬢に目礼《もくれい》してその場を逃げた。

主役が逃げれば、野次馬《やじうま》は遠巻きに散っていく。まだ騒然としている会場を私は見回した。

えーと、あとは主催さまにお詫《わ》びして帰ればいいのか？

しかし血塗《まみ》れのまま出向くわけにもいくまい。

「ちょっと」

騒ぎをぼーっと見ていた壁際《かべぎわ》のウェイターを呼んで布巾《ふきん》を所望《しょもう》した。腰が引けてるぞ、キミ。

「すみませんが、あの方をよろしくお願いします。私は急いでおりますので」

不幸なウェイターから布巾《ふきん》を受け取って、茫然自失《ぼうぜんじしつ》気味の加害者令嬢を押しつけると、私はさっさと身を翻《ひるがえ》す。

とりあえず廊下に出て布巾《ふきん》で頬を拭《ぬぐ》うと、白い布巾《ふきん》は一瞬で血塗《まみ》れになった。わーおスプラッタ。

「ちょっと、お待ちなさい！」

誰だか知らないが呼び止められたので振り返ると、主催の奥様と加害者令嬢がこちらへ走り寄ってくるところだった。おお、ラッキー。

「お騒がせして申し訳ございません、マダム。植村が後《のち》ほどお詫《わ》びに参りますので、この場はおいとまさせていただきます」

教本通りの謝罪だったはずなのに、マダムは微妙な顔だ。

「いいの、いいのよ。パーティーに騒ぎはつきものですもの。それより、こちらの方がとんでもないことをしてしまったわ。せめて傷の手当てをさせてちょうだい」

こちら、と指したのは置いてきたはずの加害者令嬢。マダムに無理矢理連れてこられたのか仏頂面《ぶっちょうづら》だ。

そうか。社長がいないこの場で何とか騒ぎを収めて私に口止めするつもりか。幾らもらえるかなーあはは。しかしここでお金なんか受け取ったら、月曜日に同僚からどんな塩を塗られるか分からない。そういう職場なんです。

「いいえ。かすり傷ですのでお構いなく」

ぶっちゃけ急いでます。まじで。

だってさー、車寄せで待ってろって言ったけど、あの社長が素直に聞くとは思えないんだよ。空き部屋か外のお庭で、にゃんにゃん始まってたらどうします？　私知りませんよこれ。止めるの無理ですからね。

「でも、その傷じゃ……」

加害者は黙っていていただきたい。しがない秘書は服の手配してー、車で社長の家行ってー、車を会社に戻してー、と忙しいのです。

「お騒がせしたお詫《わ》びは後日。本日はここで失礼いたします」

慇懃無礼《いんぎんぶれい》にマダムに辞去《じきょ》を告げると、彼女達はそれ以上追ってはこなかった。

私はとりあえず社長の動向を突き止めるべくスマホを鳴らしてみた。お、一応出た。

『井沢か。主催はどういう反応だ』

「問題ありません。後日お詫《わ》びをお伝えしておきます。今、どちらですか。すぐにお嬢様の御着替えを手配させていただきますが」

『佳苗の気分が優れないようだから、控室《ひかえしつ》で休ませていた。着替えはいい。このまま帰る。自宅まで車をやってくれ』

「分かりました。では車寄せまでお越しください。今から向かいます」

『怪我はどうする。止血《しけつ》ぐらいしろ』

珍しいな。社長が私のこと構うなんて。よっぽど酷《ひど》い怪我に見えたらしい。

「かすり傷です。では後《のち》ほど」

『……ああ』

通話を切って気がついた。

しまった、怪我した方で話してた。私の高いスマホが血塗《まみ》れだ。すぐに拭けば落ちるかな。

頬に押し当てていた布巾《ふきん》で傷を少し撫《な》でても血はほとんどつかなかった。ようやく止まったらしい。でもこの布巾《ふきん》でスマホを拭いても画面が汚れるだけだ。

しゃーない、スーツで拭くかー。

散々安い安いと言われたスーツだ。色も黒だし目立つまい。

駐車場に向かって歩きながら、上着の端《はし》でスマホをこすっていたら、その手を誰かに掴《つか》まれた。

よく腕を掴《つか》まれる日だ。

(誰だ)

誰何《すいか》するように振り返ると、視界に入ってきたのは何だか見覚えのあるブロンド。

肩で息をしているところを見ると、どうやら走ってきたらしい。昼間のスーツも、どこのモデルかと思うほどだったが、今もまた長身にタキシードがよくお似合いで。金持ちのお屋敷に立つ姿は、まるで映画スターだ。

私は思わず顔を引きつらせた。

「……見た？」

子供みたいにスマホの画面をごしごしやっていたのを、ばっちり見られた。気まずい。

だが金髪オーナーは私の気まずさを意に介さず、イライラとした様子で私の腕を引っ張った。

分かった。

「どこへ行くんだ」

「帰ります」

というか、あんたはまたどうしてここにいる。名前もよく知らないが、セレブだってことはよく分かった。

金髪は私の腕を持ったままどこかへ行こうとするので、私はその場に踏ん張った。

「何をするんですか」

「怪我の手当てに決まっているだろう！　何を考えているんだ、彼らも君も！」

怒鳴られて、頭にきた。

私が、どれだけ。

「――我慢してるんです！　中途半端に同情するなら構うなボンボン！」

「ぼっ……？」

怯《ひる》んだ隙に腕を取り返して、廊下を走る。

「待てっ、まだ怪我が！」

さすがに足のコンパスが違う。金髪はすぐに追いついてきた。

くそー、何考えてんだ。

「パーティーに戻って下さい！　お騒がせしてすみませんでした！」

「違う！　僕はさっき来たところだ！」

何が違う。来たばかりだろうが、参加者には変わりないだろうが。

追いついた金髪に、あろうことか腕を無理矢理引っ張られた。

チンピラかお前！

猫の尻尾を掴《つか》んで引っ張るように私を引き寄せて、金髪はもう片方の腕を私を包むように大きく伸ばした。まるで逃げ出した猫を抱きすくめようとでもするようだ。

私は咄嗟《とっさ》にくるりと反転してその手を打ち払ったが、金髪の手が私の後ろ髪をかすめてバレッタが落ちた。

カランと廊下に転がると、途端《とたん》に金髪は私からその大きな手を離した。

この馬鹿力め。腕が痛い。

泣いていいかな。

しかし、悲しいかな私の目には涙一つ溜《た》まらない。

「……ごめん」

金髪が顔をしかめてバレッタを拾い上げ、私に返してくれた。が、バレッタが戻ってきたところで髪型は元には戻らない。

きっとさっきの騒ぎで取れかかっていたんだろう。私の髪はまとまりが悪いから、いつもはヘアアイロンで無理矢理調教している次第で。

仕方ないので引っ張られて乱れたスーツの襟元《えりもと》だけを正す。それを金髪はじっと見ていた。

「……ブラウスにも血が飛んでいるんだぞ」

しつこいな。君のしつこさはナメクジ並みか。

「痛みはないので平気です」

「詫《わ》びを……」

「必要ありません。では失礼いたします」

それ以上、金髪は追ってはこなかった。

もう二度と会わない方向でお願いしたい。あれは疫病神《やくびょうがみ》だ。

（あー、うん）

今日は厄日《やくび》だ。


疲労を押し殺して車を取りに行くと、今度は駐車場で滋田が待ち構えていた。

「ひっどい顔だなー。会社で笑われな」

彼はひとしきり私の顔を笑ったあと、大きめの絆創膏《ばんそうこう》を置いて去っていった。腐っても彼は優秀な秘書だ。気遣いだけはしてくれる。

血塗《まみ》れでいるよりマシなので、バックミラーを見ながら絆創膏《ばんそうこう》を貼っておく。

車を玄関に回して社長と兎姫を拾うと、二人もマダムと同じように微妙な顔になった。すみませんねぇ、綺麗な格好じゃなくて。

「どうした、その格好は」

さしもの社長も秘書の惨状《さんじょう》が目に余った様子です。

「申し訳ございません。途中で腕を掴《つか》まれました」

「誰に」

「さぁ、存じ上げません」

感謝してくれ、金髪オーナー。ビストロ・ビヤンモンジェは社長のお気に入りなんだよ。

「大丈夫ですか、井沢さん。私のために本当にごめんなさい……！」

目を真っ赤にした兎姫が身を乗り出さんばかりに謝ってくるので、溜飲《りゅういん》が幾分《いくぶん》か下がった。こういう時、素直に謝ることが出来る子は得だ。

「お嬢様にお怪我がなくて幸いでした」

こうして私は、二人をお城である社長の高級マンションまでお連れしたあと、車を会社に戻して帰宅し、長い長い一日を終えた。

ほんっとーに疲れました。

＊＊＊

散々な休日出勤を過ごした私だったが、本当の厄日《やくび》は月曜日だった。

思っていたよりも疲労困憊《ひろうこんぱい》だった私は、貴重な休日を溜《た》まった家事の消化と睡眠に費《つい》やしてしまい、あっさりと月曜日を迎えた。

明るい光のもとで鏡を見てみると頬の傷は思っていたより酷《ひど》かった。やむなくガーゼを貼って出社した私に待っていたのは、先輩たちの厳しい視線であった。賄賂《わいろ》は受け取らなかったので塩こそ塗られなかったが、酷《ひど》い顔だと冷遇され、一日中書類仕事を押しつけられた。それに伴《ともな》い社長のお守《も》りも本日はお役御免《やくごめん》となったので、気分はいつもより楽だったが。

おかげで久しぶりに定時の帰宅を許された。あーやれやれ。やっと買い物に行ける。

会社用の鞄《かばん》を抱えてのんびりと社屋《しゃおく》を出ると、何だか人の目がちらちらと何かを見ては通り過ぎていく。来る人来る人興味深いものを見るような顔なので、私も釣られて視線を向けた。

（あー……）

今日はカーゴパンツにパーカーですか。出《い》で立《た》ちで印象の変わる人ですね。

でも目立つ金髪は変わらないよ。

私はそれを遠目に確認すると、すぐさま明後日《あさって》の方向へ反転した。

「待て！　逃げるな、井沢真由美！」

イサワマユミ？　さぁ、誰のことでしょう。

私は素知らぬ顔でビルの脇道のそばまで歩いて、そのまま脇道を猛ダッシュする。そんな私を追うように金髪が声を張り上げた。

「あることないことここで叫ぶぞ！　真由美！」

「どちらさまですか、警察呼びますよ！」

実際あの金髪の名前なんぞ知らない。走っているのでこちらの声も大きくなる。

「うるさい！」

うるさいのはどっちだ！

しかし相手はすばらしく長い脚をお持ちの馬鹿力。脇道から再び表通りに出る前に、私の鞄《かばん》を掴《つか》んで取り上げてしまった。しまった、スマホもその中だ。

「返してください！」

「もう逃げないなら」

会社の書類は正直どうでもいいが、スマホと財布に替えはない。

「……分かりました。それで、何の用ですか」

私が手を突き出して鞄《かばん》を返せと催促《さいそく》しても、金髪は一向に鞄《かばん》を手放そうとしない。

「昨日、乱暴したスーツのお詫《わ》びに僕の店でディナーでもどう？」

「遠慮します」

「お金なんて取らないよ」

そういう問題じゃないんだよ。

「これから予定があるんです」

「なに、男？」

金髪は急に冷たい視線で低い声を向けてくる。どうして私が睨《にら》まれなきゃならない。

「冷蔵庫がもう空っぽになって久しいのでスーパーに買い物に行くんです」

「じゃあ僕も行くよ。車で来てるから好きなところに連れてってあげる」

「結構です！　えーと……」

金髪は、私の戸惑いをよそに身を翻《ひるがえ》した。

しくじった。彼氏とデートですとでも言えば良かった。

「レオ」

肩越しに振り返って、金髪はふんわり笑う。

「レオって呼んで。真由美」

金髪の王様はそのまま路地を赤絨毯《あかじゅうたん》でも踏むみたいに駆《か》けて行った。

2

「生二つ！」

勢い良く注文した私につられるように、店員も奥のカウンターへ注文を叫んだ。

がやがやと酔っ払いが騒ぐ中、その声はこちらにまで聞こえて私は何だか満足した。カラオケでも居酒屋でも個室が好まれる昨今だが、私はカーテンだけで仕切られている開けっぴろげな居酒屋の雰囲気が好きだ。

「あー美味《うま》い」

「あんた、会うたびにオヤジ臭《くさ》くなってくな」

ビールジョッキを片手に唐揚げを頰張《ほおば》る私に、長年の友人は呆れるように苦笑した。

「そう言う香澄《かすみ》も日本酒なんぼ飲んでるねん。ええ加減ビールにしとき」

つい三十分ほど前に店に入ったばかりだというのに、すでに友人は二合《にごう》を平らげている。

「ビールも酒やろ！」

二人してバカみたいに笑った。

はい。わたくし、井沢真由美。実は関西圏の人間です。

都会の人達は標準語を重視するので、普段は猫を被《かぶ》っています。

最近では方言萌《も》えなるものがあるようだが、それはあくまで嗜好《しこう》の話。ビジネスの場面では標準語が基本だ。

「しかし驚いたでー。急に飲もかって連絡くるから。真由美、今忙しいんやろ？」

金曜日は社長と兎姫のお守《も》りに駆《か》り出されることが多いが、今日は時間外労働がなかった。だからその喜びの勢いで友人を飲み屋に呼び出したのだ。酒の大好きな友人は二つ返事で来てくれた。

この同郷の友人と会うのは三ヶ月ぶりだろうか。忙しくて疎遠《そえん》になりがちな私の交友関係から鑑《かんが》みれば、密に会っていると言っていい。

彼女のおかげで私は懐かしい故郷の言葉を肴《さかな》に、久方ぶりに楽しくて美味《うま》いビールが飲めるのだ。

「ああ、癒《いや》されるわぁ。久しぶりの関西弁！」

「無理して標準語喋《しゃべ》らんでもええやんか」

「社会人はそうはいかへんねん！」

都会でも遠慮なく関西弁を繰り出す友人、野田《のだ》香澄は自他ともに認める変人だ。

綺麗な服を着て出歩くのが一般的な都会に住んでいながら、彼女が着るのはジャージかトレーナー、それに準ずるパーカーが主《おも》で、靴はスニーカーかサンダルの二択。散髪にもなかなか行かないので、伸び放題の髪は無造作《むぞうさ》にひっつめられている。いつだったか、前髪だけは邪魔になるので自分で切っていると自慢されたことがある。

「そんで、電話で言ってたパッキンのオーナーはどないしてん」

「そーやねん！　めっちゃ聞いて！」

長年の友人をわざわざ呼び出したのはこれを聞いてもらうためだ。

「ええよ、聞いたる」と香澄は追加でやってきたビールに口を付けた。

あの金髪のオーナーが、会社前で出待ちしていた珍事からすでに五日が過ぎようとしている。

抵抗空しく私が連行されていったのは、高級レストランでもホテルでもなかった。

「じゃあ、ほんまにスーパー行ったんや？」

そう。金髪は約束通り、堂々と安売り万歳の場末《ばすえ》のスーパーへと私をエスコートしてくれた。まぁ、目立ったこと目立ったこと。すれ違う人の視線が痛いといったらなかった。もうあのスーパーには行けない。

しかも金髪は私の保存食であるカップ麺を手に取るとそれを制した。こんなものばかり食べるつもりかと。お前は私の母親か。

社会人に成り立ての頃は自炊《じすい》をしていた。自分で作った方が楽だし、好みの味になるからだ。関西のド田舎《いなか》で育った私にとって、申し訳ないが都会の水は不味《まず》かった。水も不味《まず》ければ空気も不味《まず》い。頼みの綱《つな》の白米でさえ不味《まず》かった時には、本気で転居を考えた。

高い金を出して美味《おい》しいものが食べられるのは当然だ。安くったって食べられる物を出してくれ。

この、自分の体質に合わない食料事情をどうにか改善しようと始めた自炊《じすい》だったが、おかげで味の違いを発見するに至った。

都会の水と味付けは故郷と全く違うのだ。

それが分かれば、記憶に残る懐かしい関西風味に辿り着くのは容易《たやす》かった。作り方さえ変えればいいのだ。

こうして私は自分好みの食事と節約という大きな益《えき》を得《え》たのだが、一年前の転属で事情は激変した。今ではすっかり食生活の大半をコンビニとファーストフードに頼る日々である。あとは時々香澄と飲みに行くぐらいだ。

今夜の店のオーナーも関西圏の人らしい。出される食事も関西風なら客の間も関西弁が飛び交《か》っている。

「そんで、スーパー行ったあとは食事に行ってホテル連れ込まれて？」

「アホか。誰がいくかそんなところ」

にやにや笑う香澄を睨《にら》みつけると、彼女は「じゃあ何して遊んでん」と追加で頼んだチーズじゃがいもを口に放り込む。ああ、残しといて。それ美味《うま》そう。

「最寄りの駅まで送らせてハイさよならしてやったわ」

意外にも、あのオーナーの愛車は普通の国産の軽自動車だった。小回りが利《き》いて税金が安いのだと彼は笑っていたが、きっと他にもお高い車をお持ちなのだろう。時々、ギアの位置を探るような仕草をしていた。

「うわー、悪女やなー」

「どこがや」

メザシを箸《はし》でぐさぐさやりながら私は残りのビールを一気にあおった。

「突然会社に来て食事に行こう？　そんなに頭の軽いアホな女に見えたんやろか私は」

「見えたんやろ。目のレンズがいかれとるんや。あんたみたいな枯れた淑女にそんな安い文句が通じると思ってたんやから」

「万年ジャージの香澄には言われたない」

一度香澄を、あのオネェ所長と女傑《じょけつ》が住まうメイクスタジオへ連れて行きたいものだ。

一計を胸に睨《にら》むと「おお、こわ」と友人は肩を竦《すく》めて、チーズじゃがいもの皿を寄越《よこ》してくれた。

「そういや年は幾《いく》つぐらいの人なん？　そのレオさんって」

そんな話は金髪と一つもしていない。では、何の話をしたんだったか。

頬の傷の具合はどうかとか、また今度自分の店に来いとか、あとは私の食生活に関する小言か。大きなお世話だ。

「レストランのオーナーがそんな口下手でええんか」

呆れたような顔の香澄に、私も「そうやな」とうなずく。

「でも本名も名乗りたがらんような男と、空《す》きっ腹《ぱら》の私にどんなええ話題が出てくるねん」

「それもそうやな」

香澄は話題に飽きてきたのか、店員が運んできたシーザーサラダに目が釘付けだ。私もビールを追加注文する。今日は飲むぜー。

「大丈夫なんか？　そんなに飲んで。明日も呼び出されるんと違うの？」

私と同じようなピッチで飲んでいる香澄に言われたくない。

「今日は飲んでええ日やねん！」

明日からの土日休みは王様とお姫様は都会にいないのだ。

この週末はしっぽり温泉旅行だってさ。二人っきりで行くからお供《とも》はいらないんだと。恋人二人が温泉旅行でやることは一つなんだろうから、思う存分しけ込むがいい。もういっそ帰ってこなくていいよ。面倒だから。

高笑いしていた私にふと香澄が眉《まゆ》をひそめた。

「休みはええけど、その類の労災は出るん？」

「知らん」

私は簡潔に答えて首を横に振った。

未だガーゼを貼り付けているので目立つ。傷は塞《ふさ》がってきているが、その分かゆみが酷い。ガーゼはひっかき防止の意味もある。

労災のことは放置されているが、加害者ご令嬢の実家と社長の間で何らかの決着がついたようだ。ここ最近はめっきり社長のお供《とも》をしていないので、細かい事情は全く掴《つか》めていない。

元々、ご丁寧《ていねい》に事情を教えてくれるような職場でもないからね。

問題が本人を通り越して頭の上で滑《すべ》っているようで気持ち悪いことこの上ない。だが会社間のいざこざを私に振られても困る。

「相変わらず自分を大事にせん奴やな」

それだけ言って、香澄は追加でハイボールを注文した。

今回のケガについては色々なことが絡《から》んでいて酒の席でもおいそれと話せない。詳《くわ》しいことを話せない私を、香澄はそれ以上追及しなかった。

香澄は、何か解決策をくれる友人ではない。ただ黙って話を聞いてくれるのだ。

それは彼女が定職についていない、本人いわくニートだからかもしれない。会社勤めの苦労は分からないのだと、いつだったか彼女は悪びれもせず笑った。そういう彼女もバイトは掛け持ちしているらしいから、フリーターじゃないかと言ってみたが、あくまで自分のことをニートと呼ぶのでそのままにしている。でも、飲み代はいつも割り勘だ。

同じ大学で私と一緒に就職戦線を戦っていたはずの香澄は、いつの間にか戦線から離脱して早々にアルバイトを始めた。仲間の何人かは香澄のことを次第に遠巻きにし、ついには彼女を仲間から外した。

人間、自分と同じような人種といる方が居心地良く感じるものだ。友達はささいなことの積み重ねで出来ているから、私は仲間を責めも咎《とが》めもしなかった。けれど、結局仲間はどんどん結婚し、未だ私にこうして付き合ってくれるのは香澄だけになっていた。

「なぁなぁ、今度これ頼んでみーひん?」

お品書きを眺《なが》めていた香澄が指をさしたのは、ビールの真下に書かれた見慣れない名前。

「しゃんでぃー？　シャンデリアの略語？」

「いやいや、新種のゼリーかもしれんで」

「じゃあ、シャンディーのあとについてるガフは何」

「がぶがぶ飲めるゼリー、の〝がぶ〟が訛《なま》った」

「ゼリーのくせにがぶがぶ飲めるってどんなゼリーやねん」

「……シャンディー・ガフは、ビールをジンジャーエールで割ったカクテルだよ」

香澄と私のおバカな話に男の声が混ざった。混沌《こんとん》とした居酒屋にあっても聞き間違えようのないその声には覚えがあった。

「うわぁ！　宇宙人や！」

香澄の馬鹿みたいな奇声に私は何だか救われた。

そうだ。こいつは宇宙人なのだ。

だって金髪セレブが居酒屋なんかにいるはずがない。

しかし宇宙人もさるもので、まばたきを二、三回しただけで、面白がるような顔で笑う。

本日のお召し物は、レストランにいた時のようなスーツだ。チャコールグレイの上下は暑苦しくも見えるのに、淡い水色のネクタイと居酒屋のケバい明かりにも溶けてしまいそうな金髪のおかげか、サラリーマンのノーネクタイよりいっそ軽やかに見えた。どちらが上等かは一目瞭然《いちもくりょうぜん》だが。

「久しぶり、真由美」

「……お久しぶりです」

挨拶《あいさつ》を返さないと居心地《いごこち》の悪い社会人気質が憎らしい。

「なんや、真由美の知り合いか」

顔をしかめた私を横目に、香澄はハイボールを持ってきた店員を捕まえてシャンディー・ガフを頼んだ。

「僕にも一つ。シャンディー・ガフ三つね」

場慣れた男に笑顔で追加され、店員は慌《あわ》てた様子でカウンターへと向かっていった。続いてカウンターから黄色い声が聞こえる。今から完全遮音《しゃおん》の個室にならないものか。

私の懸念を余所《よそ》に、金髪はさっそく香澄に声をかけている。

「僕はレオ。君は？」

「うわぁ、宇宙人に名前聞かれたで」

香澄が臆面《おくめん》もなく面白がりながら名乗ると、金髪の宇宙人はさも当然のように彼女の隣に座ってしまった。えええええ。

余っていた小皿と箸《はし》を長い指で手繰《たぐ》り寄せている礼儀知らずな宇宙人を、隣に座られた香澄は指差す。

「なんやこれ。真由美の知り合いって変なの多いな」

失礼な。この金髪は特殊だ。

しかし金髪は押しが強いと言われる関西人に向かって、念を押すようににっこりと微笑《ほほえ》んだ。

「相席《あいせき》してもいい？　この前は逃げられたから」

酒を飲んでるのに寒いのは気のせいか。それに素知らぬ顔で私のチーズじゃがいもをつまみ食いするんじゃない。

「私のチーじゃが！」

「あ、ごめん。もう一皿頼むよ」

「当たり前や！」

あ、しまった。

気付いた時にはすでに遅し。

案《あん》の定《じょう》、金髪のセレブは面白がるようにこちらを眺《なが》めている。

「普段は関西弁なんだ？」

「……関西出身なので」

ふーん、って何だ。そんなに珍しいことか。

冷や汗をかかんばかりの私を無視してメニューを見ていた友人は、素知らぬ顔で追加する。

「チーじゃが頼むなら、豚キムチも頼んで」

「友達がいのない奴やな！　親友のピンチにまだ食うか！」

「酒飲んで飯食ったら友達になるって、おとんが言うてた」

「香澄のおとんは下戸《げこ》やろが！」

香澄の父は酒もタバコも一切やらない紳士だが、ヤの付くご職業もかくやというご面相なので一見とても怖い。

「……何か面白いことありました？」

香澄の隣で笑いを堪《こら》えていた金髪は「ごめん」と言って、笑いを封じるように口元に手を添えた。今にも泣き出しそうにも見える情けない顔だというのに、それすらさまになって嫌味《いやみ》な奴だ。

「生の関西弁って初めて聞いたけど、本当に面白いんだね」

お前も方言萌えなのか。

「キモいな」

思いがけず香澄と私は同時に悪態を吐き出した。


やってきたシャンディー・ガフで不本意ながら乾杯《かんぱい》して、酒も料理も大いに食べて飲んだ。チーズじゃがいもはビールに最高の相棒でした。

お茶漬けを食べ、ラストオーダーでデザートのアイス盛りを食べて、ようやく箸《はし》とジョッキを置いた私は不愉快を一瞬だけ忘れた。本当にすぐ戻ってきたけれど。

もうすぐ閉店だと告げる店員を後目《しりめ》にあがりを飲んでいると、満足そうな金髪の黒目が私を見ていたのだ。

そういやこいつは私と香澄の会話についていけないらしくほとんど喋《しゃべ》らなかった。私と香澄は始《し》終《じゅう》あの調子なので、彼は時々相槌《あいづち》を打って食器を片づけ、追加の注文を取ってくれた。さすが腐っても食べ物屋のオーナーだ。手際はいい。

目が合ってしまったのに逸《そ》らすのもわざとらしいから、渋々金髪に声をかける。

「……こんなところにいていいんですか。お忙しいんじゃないんですか？」

「この店のオーナーと知り合いだから、時間が合えば必ず会うんだ。それにあの日、店に居たのは休憩ついでに寄っただけ。仕事じゃないよ」

仕事でもないのに、この人は私にランチを振る舞ったということか。五千円を置いていったのは正解だった。借りは作りたくない。

一人納得していると、金髪は何だかガッカリしたような顔をした。

「……僕と話す時も、君の本当の言葉でいいのに」

「関西人がどこでも関西弁だと思わんといてください」

関西人だと知られるとわざとらしく「なんでやねん」などと使われることがある。気を付けて欲しい。他の地域でも同じかもしれないが、それは地元住民のカンに障る行為だ。逆に関西出身ではない人に関西弁を強要するのもどうかと思う。

言葉は言葉だし、方言は方言だ。

残っていた日本酒を舐《な》めていた香澄がにやにや笑う。

「気ぃつけた方がええですよ。真由美はほんまに口の悪い方やから」

「香澄にだけは言われたない」

香澄の口の悪さも大概《たいがい》だ。

そんな私と香澄のやりとりを眺《なが》めていた金髪は複雑そうな顔で呟《つぶや》く。

「……会話に入れないのが悔しいから、僕も関西弁覚えようかな……」

「付け焼刃《つけやきば》は見苦しいから止《や》めた方がええですね」

香澄の一言に金髪はぐっと口を噤《つぐ》んだ。ほら見ろ、香澄の方がえげつない。

私は不毛な会話から脱するため金髪に話題を振る。

「そういえば、今日はお車じゃないんですか？」

この金髪もかなり酒を飲んだはずだ。席に着いたときにはきちんと締めていたネクタイを今は少し緩《ゆる》めるほど。首元のボタン上二つほどが開いたワイシャツから白い鎖骨《さこつ》が見えている。女の二、三人は殺《や》れそうだ。

「結構飲んだから迎えを呼ぶ。今日こそは家まで送るよ」

もう遅いしね、と言った金髪に、香澄は「わーい」とたちまち諸手《もろて》を挙《あ》げて喜んだ。タクシー代と友情を秤《はかり》にかけたな。裏切者め。

「よっ！　さすがセレブ！」

「ん？　僕ってそんなに有名人かな」

本来セレブとは名士や有名人を指す言葉らしいが、日本のメディアでは金持ちに使うのでそれが定着してしまっている。

「あんたの顔なんか知らんけど」

香澄が一度会っただけの他人の顔と名前をちゃんと覚えていたことはないが、金髪はにこやかに会話を続けた。彼は私以外の人を不快にさせることはないようだ。

「じゃあ、お金持ちっぽい僕に今日は大人しく奢《おご》られる？」

冗談じゃない。

しかし金髪が伝票を持って立つ方が早い。

金髪を追ってレジまで行くと、彼がまとめて支払うと言ってしまった。だが甘い。

「じゃー、ひとり四六八三円な！」

歩く計算機の異名を取る香澄が、掠《かす》め聞いた合計金額からすぐ割り勘をはじき出した。

結局金髪は、カッコよくカードで食事代を支払ったものの、私と香澄の代金を両手に載せられることになった。ざまぁみろ。

しかも香澄に四六九〇円握らされ、

「カードで先に払ってくれた礼や。ありがとうセレブ！　釣りはいらん」

と太っ腹にも七円の小遣いを渡されていた。

私はきっちり支払いました。貸し借りは無しです。

化粧室へ行った香澄を待っていたら、金髪のセレブは居酒屋の前でどこかに電話をかけていた。

やっぱりタクシーで帰ると声をかけようとして、私はうっかり聞いてしまった。

「小銭入れを用意してくれ。なるべく大きな」

セレブの使用人もまさかそんな注文を受けるとは思っていなかっただろう。

私は何も聞かなかったふりをして、そっと店の中へと戻った。

ちょっと待ってて、と金髪に言われて居酒屋の待ち合い椅子でしばらく待ったあと、それは現れた。

「おや、おひとりじゃなかったんですね」

そう影のように現れたのは、これから葬式にでも行くのかと思うほど真っ黒なスーツを着た陰気な男だ。彼は私と香澄を見つけて開口一番に言い放った。

「今夜は三人でホテルへ？」

元気ですねぇ、と。

「お前は礼儀をドブにでも落としてきたらしいな！　リック！」

さしもの金髪も暴言に怒鳴ったが、陰気男の方は平気な顔だ。

しかし暴言よりもとても気になる物が彼の手に載っている。

「……あの、その手の貯金箱は？」

陰気男の手に実に大人しく座っているのは、豚が真珠の首輪をした貯金箱だ。ご丁寧《ていねい》に陶器《とうき》だから、こだわったのかもしれない。今時なかなか無いセンスだ。

私の質問に陰気男は穏やかに答えてくれた。

「我が主《あるじ》のご要望です」

あー……さっきの小銭云々《うんぬん》。

しかしこのセンスが光る貯金豚を何食わぬ顔で差し出すとは相当な心臓の持ち主である。

訳の分からない尊敬さえ浮かんで陰気男を見上げると、黒髪のくせに病人のような白い顔は日本人のものではなかった。パブよりレストランがよく似合う、そういう上品で皮肉屋な顔立ちだ。

「リチャード・ボルトマン・シュリッパー」

傍若無人《ぼうじゃくぶじん》が服を着ているような金髪にとっても御《ぎょ》し切れない部下らしい。きらきらしい顔をこの世で三番目に嫌いなものを見るようにしかめて、陰気男を睨《にら》みつけた。

「お前に言付《ことづ》けたのは車を運転する運転手と、小銭を入れる小銭入れだけだ」

「はい。ですから、車を運転するわたくしと、これを」

「貯金箱を持ってこいとは言っていない！」

もっともな意見を叫んで金髪セレブは手に余るほど押しつけられた小銭を握りしめる。しかし雇用主の小言にも、陰気男は困ったように首を傾《かし》げただけだった。

「貯金箱が一番小銭を収納出来るのですよ？」

「そんなものを持って移動する馬鹿がどこにいるんだ」

「こちらに」

「お前は主《あるじ》を馬鹿に仕立て上げたいのか！」

漫才《まんざい》か。十分面白いで、金髪セレブ。

「なぁなぁ、これセレブ漫才《まんざい》？」

香澄が笑いながら肩を叩いてくる。やっぱりそう思うか、同郷の友よ。

「ほら、マイロード。あなたのおかげで優秀な執事である私がいい笑い者ですよ」

「お・ま・え・の・せ・い・だっ！」

ひとしきり叫ぶと金髪の短気は収まったのか、私と香澄に「ごめん」と謝罪し、申し訳なさそうに項垂《うなだ》れた。叱られた犬のようでさすがにかわいそうだ。わんこに罪はあまりない。

だが執事がいるとは驚いた。しかもマイロードなんて大層な呼ばれ方だ。

「私達のことはお気になさらず。タクシーで帰ります」

私の断りに金髪は顔をしかめた。

「君もかなり飲んでいただろう」

「もう抜けました」

自慢じゃないが、私は酒が抜けるのが恐ろしく早い。酔いはするがすぐ抜けるのだ。あがりを飲めばもっと早い。

「酒が抜けたといっても、車を運転出来るほどではないだろう？」

「当然です」

免停《めんてい》にするつもりか。運転技能は仕事に直結しているので失うわけにはいかないのだ。

「では、こちらへどうぞ」

陰気男が三途《さんず》の川へと招くような不気味な笑みを浮かべた。

結局、私と香澄は、金髪と陰気男に勧《すす》められるまま、馬鹿みたいに高そうな車の後部座席に乗せられた。しかも、香澄は無責任にも、座席に座ると「おやすみー」と寝てしまった。

そうだ。こいつは酒を飲んだら眠くなるんだった。それに残念ながら彼女の家は私の家とは正反対の位置にある。

「どちらのご自宅へ参りましょうか？」

陰気男の何気ない質問に私は苦虫を噛《か》み潰《つぶ》しながら、自宅の場所を教える羽目《はめ》になってしまった。無責任だからといって寝ている友の住所を勝手に教えて何かトラブルが起きたら悪い。

残された私は、何故《なぜ》か後部座席に乗り込んできた金髪と置物のように静かに運転する陰気男の沈黙に、一人で耐えねばならなくなった。私も寝落ちしたいが、それは出来ない。田舎者《いなかもの》でもそれぐらいの警戒心はある。

せめてもの意趣返《いしゅがえ》しとして金髪と私のあいだに眠る香澄を置いた。これぐらいは許されるはずだ。しかし、金髪と私の間で平和そうな顔で眠る友人をつねってやりたくなる。あとで色々後悔しろ。

——ちゃりん。

私の思考を遮《さえぎ》るように、香澄を挟《はさ》んだ向こう側の金髪は膝《ひざ》に乗せた貯金箱へ小銭を入れ始めた。

「……全く。僕の周りの人間は僕の言うことをちっとも聞かない」

お坊っちゃんらしい愚痴《ぐち》だ。

——ちゃりん。

小銭は結構な量だった。私と香澄が財布に貯め込んでいた小銭を一気に払ってやったのだ。普通の小銭入れでは間に合わなかっただろう。

「その小銭、どうするんですか」

重たい沈黙がいくらか和《やわ》らいだので何気なく口にすると、金髪は苦笑する。

「どうしようかな。今度、君達と飲みに行くまで貯金でもしようか」

「今度はありません」

「あるんだよ。今度も、その次も」

相変わらず強引な金髪だ。

呆れて窓の外に視線を外すと、ずるずると香澄がこちらにもたれかかってきた。よく寝ている。香澄はこうなると何があっても起きない。仕方なく膝《ひざ》を貸してやることにした。

香澄の長い髪は見た目よりも柔らかく、私の膝《ひざ》をくすぐった。

「……香澄は、どうして自分を着飾ろうとしないんだろうな」

「さぁ？」

香澄の事情はよく知らない。出会った時から彼女は変わらないし、私も彼女の言いたくないことまで知ろうとはしなかった。ただ、香澄の顔立ちは綺麗なものだ。

「きっと、そんな君だから香澄は君のそばにいるんだろうな」

気がつけば、小銭を貯金箱に入れていた長くて白い指が、私の頬に触れている。

その、産毛《うぶげ》を撫《な》でるような触れ方が嫌で、私はそれを払った。

「何のつもりですか」

「そのガーゼは目立ちすぎる」

まだ気にしているのか。

「もう傷はほとんど治っています」

「ならどうして外さない？」

「会社の先輩に貼り付けられたんです」

頬の傷は三日も経《た》つとかさぶたになった。だからガーゼを外して化粧で目立たないようにして出勤したというのに、朝一番に石川に見つかり、その顔はいったい何だと怒鳴られた。そのあと私は水田に化粧を落とされ、沖島にガーゼを再び貼り付けられた。完全に治るまでは絶対に取るなと半ば脅《おど》されて。

約束を違《たが》えれば、石川の仕事に付き合わされるという。絶対に嫌だ。石川が担当の時は必ずと言っていいほど滋田に会う。あの腹黒の滋田と鬼の石川に睨《にら》まれながら社長のお守《も》りなんて、何の拷問《ごうもん》だ。

「私の傷なんて、あなたが気にすることではありません」

「気になるよ。女性の顔に傷があるなんて」

そう言って金髪はその整った眉をひそめるので、私は半《なか》ば呆れて慇懃無礼《いんぎんぶれい》に返した。

「見苦しくて申し訳ありません」

「そういう意味じゃない」

じゃあ、どういう意味なんだ。

どうしてそう、自分が傷つけられたような顔をする。

金髪はまた私をじっと見たが、自分から視線を外して膝の貯金豚を長い指で撫《な》でた。

「……僕は、君のそういうところが大嫌いだ」

「は？」

思わず聞き返してしまった。

今度は私を睨《にら》むように金髪は顔を上げる。

「君のそういう、自分を大事にしないところが僕は大嫌いだよ」

黒い瞳が、意思を持つ真珠のようだ。

彼の瞳に映る私は、どこまでもただの小娘なのだろう。

そのことにどうしてだか私は安堵した。

過大も過小もない、そのままの私がそこにいる。

「あなたに嫌われようが、それはそれで構いませんが」

「そういうところも嫌いだよ」

だったらどうだと言うんだ。

「嫌いな人間をわざわざ送っていただき、ありがとうございます」

「そういうところも腹が立つよ。あの夜から全然変わらない」

「それはどうも」

気に入らないのはお互い様だ。

こっちは会いたくもなかったというのに。

「……今日、居酒屋で会ったのは偶然だよ。あの夜、コンビニの前に僕がいたのも、君がレストランに来たのも、パーティーでかちあったのも、全部偶然」

それならどうして、そんな苦い顔をする。

溜息《ためいき》のように、ありもしないことを金髪は呟《つぶや》く。

「どうして全部、運命じゃないんだろう」

まだ酔っているようですね。

「君が運命だと信じてくれたら、僕もきっと信じるのに」

あいにく神頼みはしない方だ。

私は金髪に向かって肩を竦《すく》めてみせた。

「それは残念でしたね」

ただの偶然に、確かなものなどありはしないのだから。


高級車は滑るように私のマンションまで到着した。

あーあ。住所バレた。しかもこれから香澄を担《かつ》いで、私の部屋がある階まで上がらなければならない。香澄め、明日絶対パシリにしてやる。

そう心に決めていると、私のスマホが鳴ったので金髪と陰気男に断って電話を取る。

『真由美さん？』

「あ、悟《さとる》くん」

悟は香澄の弟だ。非常に出来た弟くんだが、姉を追って都会に出てきたかなりのシスコンだ。

『姉と一緒なんですか？』

「あーうん。一緒。どしたん？」

『今、姉の部屋の前なんですが、反応がないし。携帯も通じないので』

かーすーみー！

私は慌《あわ》てて香澄のリュックを漁《あさ》って携帯を開いた。うあーマナーモードにするなよこのアホ。何この履歴《りれき》は！　私まで怒られるのは絶対嫌だぞ！

見知らぬ男二人に送ってもらったなんて弟が知ったらどんな顔するか。さすがに香澄が可哀想だ。迎えに行くという悟に、私はすかさず断りを入れた。

「大丈夫やで！　私、明日から二日間久しぶりに休みやし。朝になったらきっちりそっちに返したるから」

『そうですか？　……じゃあお願いします』

「任しといてー」と電話を切ると、一気に疲れた。よし決めた。帰ったら迎え酒だ。

しかし私は甘かった。

香澄を連れて帰るのに手を貸そうという金髪と陰気男に「大丈夫です」と断言して車を出ると、それはやって来た。

「——これはどういうことですか」

「……悟くん……」

何故《なぜ》君がいるんだね。

日本人には珍しいほどの長身に目がくりくりとした整った顔がついている。スーツを着ているということは、会社帰りに姉のもとへとやってきたんだろう。そして、姉と連絡がつかず、わざわざ私のマンションに来た上で電話をかけてきた、と。

車のドアに隠れた私につかつかと歩み寄って、ドア越しに見下ろしてくるもんだから、私はマンションへ逃げ込むことも出来なくなった。

君の姉への執念《しゅうねん》は、もはや気持ち悪いわ。

可愛い目で睨《にら》まれたって怖くはないが、怒気が立ち上《のぼ》るような空気が嫌だ。

「これはどういうことですか」

これとはどのことかな。

「この人達はお知り合いですか？」

悟が指すのは当然、金髪と陰気男。

「ほぼ初対面」

しまった、本音が。

「あなた達はどうしてそう無防備なんですか！」

助けを求めて金髪を見遣《みや》ると、彼は何故《なぜ》かうなずいていた。私が馬鹿だった。自分のことは自分でせねば。

「居酒屋で一緒に飲んでただけやで。それで、車で送ってくれたわけで」

言い訳を重ねてみても、悟の機嫌は直らなかった。なんだなんだ、その諦《あきら》めの入った溜息《ためいき》は。

「何もなかったんですね？」

「奢《おご》られてもおりません」

そう言う私の顔を悟はじっと見る。彼はようやく怒気を収めて、今度は金髪に頭を深々と下げた。

「……ご迷惑をおかけしました」

「いや、僕も軽率《けいそつ》だったよ」

車内から少しだけ顔を覗《のぞ》かせて、金髪は殊勝《しゅしょう》な言葉を口にする。

「僕の方こそ、彼女達に付き合ってもらってね。みんな酔っていたから迎えを呼んで、ついでに送ってきただけだよ」

えらそうな言葉遣いなのに、とても良い人に聞こえるのは不思議なものだ。

専属の迎えを呼べる立場の人間なのだと分かって、悟の顔は少しだけ強張《こわば》った。だよねー。ビビるよねー。

「もし良ければ、君達も送らせるよ」

金髪はやろうと思えば車の座席から動かず、人を動かせるのだ。

フツーじゃないことぐらいはどんな馬鹿にも分かるだろう。

悟は私の顔を困ったように見てきた。

「大丈夫やないかな」

私の言葉に悟はうなずいて、「よろしくお願いします」と私と入れ代わりに車へ乗り込む。

陰気男は少しだけこちらを振り返ったが、悟から香澄の住所を聞き出して、車は静かに去って行った。

残された私は車のテールランプを見送って、息をつく。

まぁ大丈夫だろ。何かあったら呪うけど。

「――僕のこと、少しは信じてくれたんだ？」

どうしてアンタがここにいる。

貯金豚を片手に涼しい顔した金髪が大きく伸びをしたかと思えば、マンションに向かって歩き出す。私は慌《あわ》てて追いかけた。

「ちょっと、何のつもりですか」

私の質問にも答えず、金髪はマンションへ入ってしまった。

おいこら、どうして私の名前をポストで探す。あっ！　覗《のぞ》くんじゃないよ！

「どうしてここに……！」

「僕、実は寝不足なんだよね。ちょっと寝かせてよ」

私の自宅のポストを容易《たやす》く見つけた金髪は、とん、とポストを指でつついて甘えるように微笑《ほほえ》んだ。しかし私には彼を甘やかす道理がない。

「自分の家に帰って下さいよ！」

「香澄の家からは二時間もかかるんだよ。それにホテルも嫌い」

お子様か！

盗み聞きした香澄の住所からすぐに自分の家の位置関係を割り出せるぐらいには頭が切れるというのに、どうしてこの金髪はこうもバカなんだろう。

「ホテルでも何でもいいですから、余所《よそ》を当たって下さい。うちはダメです」

「そんなに汚いの？」

「そうです」

金髪の意地の悪い質問に私は大きく頷いた。

嘘ではない。ぶっちゃけ汚い。週末にまとめて掃除や洗濯するから色々溜《た》まっている。

しかし金髪は怯《ひる》みもしなかった。

「じゃあ掃除してあげるよ。朝食も付けよう」

いつまでいる気だ！

「知らない人をうちに上げるわけにはいきません」

金髪の強行を腕を掴《つか》んで止めようと試みるが、奴は悟よりさらに長身だ。腕自体が重い。

「そんな知らない人間に、大事な友達とその弟を預けて良かったの？」

「何かあったら呪います！」

「それはリックに言ってくれなきゃ」

そうこう言ってるうちに、金髪はエレベーターに私ごと乗り込んでしまう。ぎゃー降りる！

思わず手を伸ばすも、ドアは無情にも閉まって退路は断《た》たれた。

前には鋼鉄の扉、後ろには変態金髪。

(どっちも無理！)

ふ、と背中越しに腕が伸びてきて、階数ボタンを押した。

それは私の家がある階のボタン。

本気だ。

こいつは本気で私の家に上がり込むつもりだ。

「――大丈夫。何もしない」

遠ざかる腕と気配を追って振り返ると、金髪が淡く微笑《ほほえ》んでいた。

「僕のことに興味のない君に、何もしないよ」

微笑《ほほえ》んでいるのに、気配はまるで静かな猛獣《もうじゅう》のようだった。

大きな虎かライオンか。

宙ぶらりんの箱の中、猛獣《もうじゅう》が取るに足りない獲物を遊ばせ眺《なが》めているような。

「でも、僕は君に興味がある」

「え?」

間抜けな私の顔を黒い瞳がたっぷりと見つめて、エレベーターは私の部屋がある階に着いてしまった。

動きたくない。

そう思うのに、金髪は私の手を取り廊下へ出た。そしてまるで勝手知ったる自宅のように私の家の前へと招き寄せ、彼は私に囁《ささや》いた。

「ここで帰れって言われたら、玄関前に居座っちゃうかも」

まるで居直《いなお》り強盗《ごうとう》のような脅迫《きょうはく》だ。貯金箱を持った強盗なんて聞いたことない。

私は鞄《かばん》の紐《ひも》を握りしめて金髪を睨《にら》んだ。

「……条件があります」

「なぁに?」

相変わらず金髪は大人しくしているだけの猛獣《もうじゅう》のようだ。

しかし、猛獣《もうじゅう》程度を怖がっていては秘書は務まらんのです。

「香澄の無事を確認させて下さい」

「いいよ」

二つ返事で金髪が寄越《よこ》したのは、彼のスマホだった。

「リダイヤルですぐリックにかかる。僕のプライベート用だからね」

他にスマホは持ってないよ、と金髪はスーツの襟《えり》をひらひらさせた。

「財布も私に預けて下さい。ベッドは一つしかないから、寝るならリビングの床で寝て下さい」

「交渉成立だ」

にっこり微笑《ほほえ》んだ金髪に、貯金豚といかにも高そうな財布も持たされ、私は頭痛がする思いだ。

やっぱりまだ酔っているのかもしれない。

しかし玄関先で騒ぐよりマシというものだと、貯金豚と財布を乱暴に自分の鞄《かばん》に放り込み、私は自宅の扉に鍵を差し込んだ。

深夜に派手な金髪が自宅前に居座るなどどんな噂になるか分かったものじゃない。

そう自分に言い聞かせて世間体に屈した私は、金髪の猛獣《もうじゅう》を自分の城へと招き入れる。

「……どうぞ」

最悪だ。

私に続いて我が家に入り込んだ金髪は何が面白いのかぐるりと部屋を見回している。

1LDKの我が城に金髪の美形がいるというのは、非常にシュールな光景だ。

部屋に家具はあまりない。リビングには小さな棚と折り畳《たた》みテーブルしかなく、その他はフローリングが寒いから適当なカーペットを敷《し》いているぐらいだ。ベッドルームはベッドと棚だけ。服の収納は作り付けのクローゼットで十分なので、タンスもない。

そんな部屋に所狭しと洗濯物が干され、ファッションやメイクの研究目的で買い込んだ雑誌が散乱している。休日の夜はそこにビールの空き缶が加わる。

きょろきょろとする視線を避けながら、私は洗濯物や私物をベッドルームへと押し込んだ。金髪のお陰でせっかくの休日が台無しだ。

「別に構わないのに」

私が構うんだよ。

積み上がっていた私物が無くなればリビングはそこそこ広くなる。それでも金髪が足を伸ばして眠れるほどの広さはなかった。折り畳《たた》み式のテーブルを片付けるべきか。

「シャワーでも浴びて寝て下さい」

「勝手にいじっていいの？」

「ご心配なく。洗面所には化粧品以外何も置いていません。着替えはないですけど、タオルは出しておきますから」

洗面所へ向かおうとしたら、腕を取られた。よく私を掴《つか》む人だ。こいつは私を猫か何かと思っているのか。

「……僕がシャワーを浴びている間に逃げようとか考えてる?」

「なるほど、その手がありましたね」

わざわざテーブルなんか畳《たた》んでやらなくてもいいのだ。

私がぽんと手を叩くと、金髪は慌《あわ》て出した。

「いや、これは言葉のあやで」

「香澄の無事が確認出来るまでは大人しくしてます。それとタオルを出したら私は自分の部屋に引きこもるので、あとは勝手にして下さい」

あくまでも香澄の無事が優先だ。

でも、これでは私の方がまるで言い訳をしているようだ。金髪を部屋に招いて彼に一夜の宿を貸してやる、その理由を必死に繕《つくろ》うような。——やっぱりまだ酔っているようだ。

何やら目を丸くする金髪にタオルを押しつけると、私は宣言通りさっさと部屋に引きこもった。

私のベッドルームは鍵がかかるところが気に入っている。

そろそろ香澄の家に着いた頃だろうと金髪のスマホで電話をすると、陰気男は少し驚いたような声を上げた。だがすぐに二人を無事に送り届けたと言って、悟の声も聞かせてくれた。

『まるで私が誘拐《ゆうかい》犯のようですね』

「お世話をおかけしました。ついでに私についてきたあなたの上司も引き取っていただけませんか」

提案してみたが、低く笑って陰気男は取り合わなかった。

『あなたがマイロードをどう料理しようが構いませんがね』

明日の朝、迎えに行くとだけ言って陰気男は無情にも電話を切ってしまう。なんて部下だ。確かに言うことなんか聞きそうにない。

少しだけ金髪に同情しつつ、私は迎え酒もできずシャワーも浴びないままベッドに倒れ込んだ。シーツは明日洗うから構わない。

思っていたより疲れていた私は、そのまま眠りへと引き込まれて行った。

＊＊＊

こん、とドアをノックする音がして、私は誘われるように目を覚ました。

何時だろう、と近くに置いていたスマホを見ると、眠ってからそれほど時間は経《た》ってない。

こんこん、とまた音が鳴る。今部屋の外にいるのが誰なのかは分かり切っているから、出来ることなら返事なんぞしたくないが、起きてしまったものは仕方ない。

「……何か御用ですか」

低く返事をすると、ノックは止《や》んだが気遣《きづか》うような声が聞こえてくる。

「ごめん、寝てた？」

寝てたらどうだと言うんだ。

そういえばまだスーツのままだった。化粧も落としてない。薄化粧とはいえ、落とさないで寝ると酷《ひど》いことになる。

あくびを噛《か》み殺しながら、私はドア前へと向かった。

「起きてますよ。シャワーは浴びたんですか？」

「声が寝ぼけてるよ。寝てたのに起こしてごめん」

苦笑するような声にあっさり嘘を見破られて、私はドアへ向かって仏頂面《ぶっちょうづら》をした。声の調子は分かっても私の顔は分かるまい。金髪は私の表情など知らないまま穏やかな声で続けた。

「顔は洗った。タオルはありがたく使わせてもらったけど、シャワーは浴びてない。このままこっちの部屋で寝るよ」

初対面に近い女の家に上がり込んでおいて常識があるのか無いのか、よく分からない人だ。

「僕のことより君のことだよ。真由美こそシャワー浴びたら？　水も飲んだ方がいいし、化粧だって落としたいだろう？」

人の欲求をくすぐるのが上手い人だ。確かに喉《のど》は渇いているし、化粧落としはあいにく洗面所だ。舌打ちしたい気分で嫌味《いやみ》を返す。

「知らない男性がいる部屋でシャワーを浴びようとは思いません」

着替えたいしシャワーも浴びたいが、外で待ち構えているのは金髪の猛獣《もうじゅう》だ。用心に越したことは無い。

「何もしないよ」

半ば脅迫《きょうはく》して部屋に入り込んだ人の言葉とは思えない。

「信じられません」

当然のことだと言い放ったのに、ドアの向こうは静かになった。人の気配はするので、黙っただけだろう。

（まさか、傷ついたとか？）

出会ってからこのかた私を振り回してばかりの彼が、私のたった一言で？

そんなまさか、と内心笑ってみるものの、ドアの向こうは不自然に静かなまま。

こちらから声をかけなければならないのか。そんな間抜けな。

（せめて顔が見られれば）

顔なんて見たくないと部屋にこもったというのに、矛盾《むじゅん》した気持ちに囚《とら》われる。別に顔を見たいわけじゃない。でも今、あの金髪がどんな顔をしているのか。それを確かめたいという好奇心にも似たもどかしい気持ちが、私の足を引っ張るように心の端《はし》を引っ掻《か》いている。

それはただの好奇心なのか、それともまだ酔っているのか。

「……何もしないよ」

優しい、甘い声だ。けれど、何かを押し殺しているようでもある。

「君を傷つけたりなんて絶対しない」

「腕を掴《つか》まれましたが」

私の言葉に彼はぐっと声を詰まらせて「ごめん」と吐き出したが、ドアの向こうから立ち去ろうとはしなかった。

「僕は……君と話したいだけだよ」

迷子のようだと思った。

装飾も脚色もない、ただ本音だけが抜き出されたような声を私に投げかけて、彼はいったいどんな顔をしているのだろう。

あの容姿だ。甘い言葉の一つも囁《ささや》けば、きっと大抵《たいてい》の美女が耳を傾《かたむ》けてくれるに違いない。しかし、ドアの前にいるこの人はまるで口下手な子供のよう。

(今、どんな顔をしてるの)

これが策略なんだとしたら、とんだ策士だ。

騙《だま》されたと知った時どんなに怒り狂うか自分でも分からないのに、ただの好奇心が疑心に勝《まさ》って、私は部屋の鍵を開けていた。

そろりとドアを開けると、そこには目を丸くしてひどく驚いた顔の金髪が突っ立っていた。顔を洗ったのは本当だろう。上着を脱いでネクタイは外し、第二ボタンまで外されたワイシャツ姿で袖口を二の腕まで捲《まく》り上げている。水滴《すいてき》を残した前髪が少し乱れていて、彼を妙に艶《なま》めかしく見せていた。どんなシーンでも雑な印象を抱かせないとは、美形は本当によく出来ている。

「え……えっと、おはよう?」

私にかけてきた言葉は実に間抜けだったが。

「まだ夜です。それとも朝まで起きているつもりですか」

寝室の中をあまり覗《のぞ》かれたくない私が後ろ手にドアを閉じると、金髪は挙動不審《きょどうふしん》に、けれど私をじっと見たまま「どうして……」と言いかけて口ごもる。

「どうして、とは？」

私が怪訝《けげん》な顔で返すと、金髪はどぎまぎと視線をさまよわせた。

「……君が、僕の言葉を信じて出てきてくれるとは思わなかったから」

何だそれは。

「何もしないと言ったのはあなたでしょう。もう約束を違《たが》えるつもりですか」

嫌味《いやみ》を続けてやろうと思ったのに、金髪は血相《けっそう》を変えて声を大きくした。

「君との約束は破らない！」

必死過ぎて男前が台無しだ。

数回会っただけの私でも分かるほど器用なこの人のことだ。甘い言葉も言える、強引にもなれる、紳士的にもなれるはずなのに、どうしてそれが私の前では上手くできないんだろう。

そのことがどういうわけだかおかしくて、私は笑いを堪《こら》え切れずに噴《ふ》き出した。きっとアルコールがまだ残っているせいだ。

「どうしてそんなに必死なんですか」

そんな私の様子に金髪はひどく驚いた顔をする。それに気付いて「何ですかその顔は」と笑いを収めて彼を睨《にら》むと、金髪ははにかむように微笑《ほほえ》んだ。

「だって……真由美が笑ってくれたから」

「……私も笑う時ぐらいあります」

憮然《ぶぜん》となる私に金髪は穏やかに笑う。

「僕と会う時の真由美は、いつも仏頂面《ぶっちょうづら》だからね」

それは、この人と会うタイミングが悪いだけだ。

何か言い返してやろうと金髪を見上げるが、彼は「待った」と制した。

「僕と言い合いするより先に着替えておいでよ。そのために出てきてくれたんだろう？」

忘れかけていたが、金髪の言う通りだ。渋々文句を引っ込めて、私は洗面所へと向かう。

洗面所のドアをぴたりと閉めると、化粧を落として髪を下ろす。愛用のスウェットに着替えれば、すっかり休日の私だ。しかしこの気の抜けた格好を金髪に披露《ひろう》するのかと思うと、若干《じゃっかん》気が重いが仕方ない。

えいっと洗面所のドアを開けて金髪のいるリビングに出るが、問題の金髪はフローリングに敷《し》いたラグに横になっていた。ご丁寧に折り畳《たた》み式のテーブルは部屋の隅《すみ》に片付けてある。

長い手足を極力《きょくりょく》投げ出さないようにした寝姿は、まるで狭い日本の家屋にセイウチが打ち上げられたようだ。

寝てしまったなら幸いと、冷蔵庫から水のペットボトルを取り出して、そそくさと寝室へ戻る。水を飲んでベッドに潜《もぐ》り込むと、すぐにうとうとと眠くなってきた。

眠りに誘われている私の耳に、部屋の外から深い溜息《ためいき》が聞こえた気がした。

「……君のせいで朝まで眠れそうにないよ。真由美」

呆れたような、恨みがましいような声は私の睡魔《すいま》に溶かされて消えた。

＊＊＊

初めて出会った時から、思い通りにならない彼女が腹立たしかった。

気まぐれな猫のようにレオの手をすり抜けていくくせに、その足取りは危うくて仕方ない。心配でつい手を伸ばしてしまう。

無理強《むりじ》いをしたいわけじゃない。でも世慣れたエスコートも誰もが振り返るという容姿も、彼女には無意味だ。

どんな手段も通じないことがもどかしいと同時に、滑稽《こっけい》だった。

ままならない、ということをこれほど楽しく感じたことはない。

思えばそれは、あの日から。

真由美と出会ったあの日から、浮き立つような心にずっと踊らされ続けている。

——その日、ビールを二缶だけ持って車に戻ってきた主《あるじ》を、さしもの腹黒執事も気になったようで、それはどうしたのかと尋ねてきた。

「もらった」

「どなたに？」

「知らない女の子に」

予想外の回答だったらしく、珍しく執事から質問が途絶えた。

この執事を黙らせるなんて凄いことだ。主《あるじ》であるレオの言うことさえ、ろくに聞かないで喋《しゃべ》り続けるのが常だというのに。

しかし口の悪い執事は健在だった。

「刺されなくて良かったですね」

どこのスラムの話だ。日本の路地裏がそれほど危険な場所になっていたとは知らなかった。

「女の子が子供に囲まれて困っていたから助けただけだよ。お礼にビールをくれた。名前は教えてくれなかったけど」

コンビニの店員すら目を背《そむ》けていたのだ。レオが声をかけなければ、きっと誰も彼女を助けなかっただろう。事なかれ主義はどこの国でも同じらしい。

レオはただ、荒事《あらごと》に多少の慣れがあったから助けることができただけだ。彼女が缶ビールで反撃したところで、事態が悪化することは一目瞭然《いちもくりょうぜん》だった。

「良かったですね。ちょうどお酒が飲みたかったのでしょう？」

「僕が欲しかったのはチューハイだよ。飲みたいならリックが飲め」

「飲酒運転で捕まって警察から足がついてもよろしいのなら」

運転手も務めるこの男がビールぐらいで酔うことはないだろうが、検問はまずい。

この世には、世界中に息子の捜索《そうさく》願いを出す親もいるのだ。

「今日はどちらに？」

根無し草で困るのは、その日の宿を決めなくてはならないことだ。

レオは車窓《しゃそう》を過ぎていく景色を見ながら「うーん」と生返事をした。

ホテルは基本的に嫌いだ。人の匂いがしない場所は、レオに孤独を見せつける。

「一晩中、車を運転し続けるのは嫌ですよ」

レオのことをマイロードと呼んではばからないというのに、この執事はにべもない。

カラオケルームでひたすら寝るか、漫画喫茶でひたすら映画を見るか、狭いカプセルホテルで一夜の酒盛《さかも》りをするか。日本に来てからその全部をすでにやってしまった。

日本は他の国よりも規制が緩《ゆる》く、レオが一人で行動できる時間が多く取れる。しかし塚谷《つかや》家のホームグラウンドでもあるため、細心《さいしん》の注意は払わなければならない。他人の目が届かないところへ行くのは自殺行為だ。

「明日の予定は何かあったか？」

「明日は篠田《しのだ》家のパーティーに招かれています」

そういえば、最近提携《ていけい》したグループの名前がそんな名前だった。

会社を管理してくれている長年の友が、「サボるなよ！」と念を押していたような気がする。

「店に顔を出してから行くよ。夜の九時ぐらいから出ても大丈夫だろ？」

「またホストだけに挨拶《あいさつ》して帰る気ですか」

「僕が捕まったら、お前は営利誘拐で捕まるぞ」

レオの脅《おど》しにも憎たらしい執事の饒舌《じょうぜつ》はとどまるところを知らなかった。

「冤罪《えんざい》を証明して私が裁判に勝ちますよ」

軽くかわされて、それもそうだと思う。

むしろ手枷をはめられるのはレオの方だ。

飼い殺しは嫌で逃げ出した。

今は少なくはない支援者のお陰で逃亡生活が成り立っているが、明日をも知れない身だ。

会社が倒産すれば？　裏切り者が出れば？　自分が瀕死《ひんし》の状態になれば？　すべてはレオの心次第とはいえ、どうしようもない時が必ず来る。

ままならないことだらけだ。

今夜だってそう。

ビールをくれた彼女の名前さえ聞くことが出来なかった。

地味な格好の女の子だった。

顔立ちは悪くない。けれどそれを一生懸命、自分で押し殺しているような厳しい顔つきをしていた。年はたぶんそれほど若くもなければ、レオより年上でもないだろう。それなりに上手に化粧をしているのに、キャリアウーマンであることに自信が満ち溢《あふ》れているわけでもない。安価なスーツとパンプスがそれを物語っていた。

コンビニの前で少年に絡《から》まれていた後ろ姿は、まるで迷子のようだった。

レオほどではなくとも、自分がどこへ帰ればいいのかすら分からないような。

だから目が合って驚いた。

その瞳は、明確な意思を持った強い光を宿していたから。

せめて名前だけでも知りたかったが彼女は瞳の光の通りの固い理性を持っていた。

レオの容姿にも怯《ひる》まず、まんまとビールだけを彼に押しつけて逃げたのだ。

彼女の理性でどうにも出来なかったのは、恐らく男の本能だけだろう。

逃げ出されると捕まえたくなる。そういう男の心を彼女は読もうとしなかった。

本能に従って彼女を追いかけてみたものの見事に逃げられてしまい、レオはすごすごとリチャードの待つ車へと戻ったのだが。

「今日はもうホテルに泊まるよ。明日は店に行くから早く起こしてくれ。僕も店に出るよ」

「かしこまりました」

主《あるじ》の回答を待っていたのだろう。リチャードは車を反転させてホテルへの道に戻っていく。

「リック」

静かに運転する執事に呼びかけると、彼はそのまま「何でしょう」と答える。

失礼な態度の部下にも腹が立たなかった。仲間以外と久しぶりに会話して、少しだけ気分が浮ついているのかもしれない。

「捕まえて楽しいのは犬か猫、どっちだと思う？」

唐突で奇妙な問いにも付き合いの長い執事は少しも動揺しない。小さく笑いさえして、当然のように答えた。

「私は犬ですね。いかに言うことを聞かせるか、考えるのが楽しい」

尋ねる相手を間違えた。

それでも「あなたは?」と問い返されれば、自分から始めた奇妙な問答に応えないわけにもいかない。

「僕は猫がいいな。何度でも逃げてもいいから、僕のところへ戻ってきてくれたら嬉しい」

「だからあなたはいつまでも逃げ回る羽目《はめ》になるのですよ」

いちいち図星《ずぼし》をつくまったく嫌な執事だ。

レオは反論する代わりに少しだけ温くなったビールを開けてあおった。

——その日から彼女とは何度も出会うことになる。


取り逃がした猫が何度でも戻ってくるのは、帰るべき巣の居心地《いごこち》がいいからだ。そうでなくては猫が戻ってくる理由もない。

そんな当たり前のことを、彼女と出会って思い知った。

翌朝のホテルで彼女を見かけた時に宿った、躍《おど》るような心を知ってから。

＊＊＊

——ピーンポーン。

その無粋《ぶすい》な音が何度か鳴ると、今度は厄介《やっかい》なノックが聞こえてくる。

「真由美、誰か来たようだけど」

ああ、そうだった。昨日は馬鹿みたいにお人好しだったから金髪を泊めたんだった。早く叩き出さなければ。手元のスマホを確認すると、まだ太陽も地平線の向こうで燻《くす》ぶっている時間だった。非常識な客は一人で十分だというのに、朝っぱらからいったい誰だ。

ぎしぎしする身体で何とか起き上がり、スウェットで部屋を出るとまだインターホンは鳴っていた。これだけしつこいから金髪も無視できなかったようで、ワイシャツ姿の彼は疲れた様子で肩を竦《すく》める。

「僕が出ても良かったんだけど」

「絶対にやめて下さい」

朝っぱらから金髪イケメンでお出迎えしてドッキリをやる趣味はない。

それに最近のインターホンは便利なものだ。カメラが付いているのでドアの前まで行かなくて済む。

「はい」

『井沢さん……』

この休日、聞かなくて済むと思っていた声だった。

カメラ越しに泣き腫《は》らした眼《め》でこちらを見つめている彼女は確かに憐《あわ》れそのものだったが、彼女はトラブルを山ほど連れてくる。

しかし憐《あわ》れなお姫様からご指名を受けた以上、しがない会社員である私に無視は許されていない。

「……どうなさったんですか。佳苗お嬢様」

トラブルを山ほど抱えたお姫様は、ほっとしたように微笑《ほほえ》んだ。

ホント勘弁して下さい。

急いで普段着に着替えてお姫様を招き入れたものの、彼女は何も話せず泣き出した。

この状況に異様なほどの器用さを発揮した金髪は、私がお姫様をなだめている隙に三人分の朝食を作ってくれた。

どこからか探しだしたエプロンを身につけ、ブロンドの無精《ぶしょう》ひげが白い顎《あご》にふわふわしている彼だが、少なくとも私には今までで一番輝いて見えた。

金髪は簡単なものしかできなかったと皿を出しながら言ったが、申し分のない朝食であった。フレンチトーストにかりかりベーコンとトマトを添え、ホットコーヒーまでついている。ほのかに甘みのあるふわふわのフレンチトーストは抜群《ばつぐん》に美味《うま》く、腹を満足させるのに十分だった。金髪セレブとシンデレラ、それから冴《さ》えない会社員である私が一つのテーブルを囲んでいるのは非常に違和感があったが。

テレビもつけず黙々と食事を済ませ、コーヒーだけとなった食卓で、お姫様はぽつぽつと自分の身に起こった惨事を話し始めた。それは途中お姫様の嗚咽《おえつ》も混じって三十分にも及んだが、とどのつまりこういうことだった。

楽しみにしていた温泉旅行を突然キャンセルされたと思ったら、社長が美女とホテルへしけ込む所を見てしまったという。

面倒なことに、その美女はお姫様も知っている顔だった。

「――湊さんの、婚約者だった方なんです」

温泉旅行がキャンセルされるのは半ば覚悟していたことらしい。社長はとにかく忙しいのでそういうことはままある。

その元婚約者とは家と家同士が決めた許嫁《いいなずけ》というやつだった。けれど社長による突然の婚約破棄にも文句なく応じてくれたから、あの美女は政略結婚に納得できる人種だったんだろう。

まぁ要は、このお姫様が嫉妬《しっと》したのだ。

遠くから見ていたはずなのにホテルに入ろうとした社長と運悪く目が合い、お姫様は理由も聞かずに逃げ出してしまったらしい。まるでテレビドラマだ。

――で、どうして私の部屋に逃げ込んできたのかというと、逃げ出した直後から続く着信に怯《おび》え、自宅にも実家にも戻れず、困った挙句《あげく》にやってきたらしい。どうやら社長から私の連絡先を聞いていたようだ。そういやそんなやり取りしたかもしれないけど、そんな些事《さじ》は忙しくて忘れたよ。

昨日の夜から逃げ回り、ビジネスホテルを経由して地図を頼りに早朝、私の部屋に辿《たど》り着いたらしい。どうりで着ている服にシワが寄ってると思った。どうせ泣き疲れてそのまま寝たんだろう。

そして結局彼女は社長から事情をまったく聞いていない。きっと着信履歴は社長で埋まっているだろうに。社長の言い訳ぐらい聞いてあげてほしい。どうせものすごくくだらない。

「……迷惑をかけてごめんなさい……」

兎姫は言いたいことを全部打ち明けて、しおしおと項垂《うなだ》れた。

はっきり言えば、大変迷惑だ。彼女は決して悪い娘《こ》ではないが、自分のことに必死になると周りに迷惑をかけていることが全く目に入らない性質がある。

どうしたものか。今日は天気が良さそうだから本気で掃除がしたいのに。

「迷惑だと分かっていて来たなら、その恋人と連絡を取った方がいいんじゃないかな」

ずばりと正論を吐いたのは金髪だった。

ぎょっとして彼を見ると、金髪は黒い瞳に冷たい光すら宿してお姫様を見ていた。

「関係ない人を巻き込むものじゃないよ。喧嘩《けんか》したわけじゃないんだろう？」

「でも……私、他に行くところが……」

泣きそうに歪《ゆが》んだお姫様の瞳に浮かんでいるのは悲しみだけじゃない。

女の嫉妬《しっと》だ。

どうして自分の気持ちを分かってくれないのかと、独りよがりになったらもうどうしようもない。

そういう時、他人はどうしてやることも出来ない。それこそ、恋人である社長にぶつけるしかないのだ。

どちらにせよ獅子《しし》と兎の睨《にら》み合いに私はすでに逃げ腰だった。余所《よそ》でやってほしい。

しかしこの世に救いの神はいないのか、無情にもまたインターホンが鳴らされた。

『佳苗がそこにいるはずだ』

出せ、とインターホン越しに唸《うな》ったのは、虎もかくやの社長だった。


――そして今。

カチコチ、カチコチ、と何かの懸賞《けんしょう》で当たった時計が部屋中に響いている。

私の部屋は、かつてないほどのカオスに包まれていた。

狭いリビングには招きもしない客が三人もひしめいている。

金髪の獅子《しし》、泣き虫の兎、唸《うな》る虎。

第三の来客である社長は型の崩れたスーツ姿だ。もしかしたら一晩中お姫様を探していたのかもしれない。

私は社長にコーヒーを差し出して早々にテーブルを離れた。

互いに牽制《けんせい》し合っているのが台所からでもうかがえる。彼らは先程から一言も発しようとしない。

(無理)

自分の家は大事だけど、このカオスに飛び込むのは地雷原《じらいげん》に飛び込むようなものだ。

「あの」

声をかけると三人同時に私を見上げた。ああ、やっぱ無理。

「私、外に出ていますので、ゆっくりしていって下さい」

とりあえず話し合いがしたいだろうから、場所ぐらいは提供してやる。私の明るい週明けのために。

「待って、真由美」

金髪の声が聞こえたが、答えてやらない。招かれざる客は金髪も含まれている。私は高速で寝室に鍵をかけると鞄《かばん》に貴重品だけ突っ込んで問答無用で家を出た。鍵もしておいてやろう。

外へ出ると晴天の青が目に染《し》みた。いい天気だ。涙が出そう。

現金や通帳は持って出たからあとは知らない。探して楽しい下着もあいにく持ってないから、部屋で事に及ばれないことを祈るだけだ。金髪が居るから大丈夫だろうか。

あー、でもあのお姫様は誰彼構わず誘惑できる魔性の女だからなー。金髪が誘惑されたらどうしよう。目も当てられない。

とりあえず香澄の家にでも避難《ひなん》しようと電話してみるが、繋《つな》がらない。えー。

他の友達はみんな結婚しているから、休日に「助けて」なんて言えない。

どうしたものかと悩みながらマンションを出ると、スマホが鳴った。

香澄かと思ってディスプレイを見たが、休日にはお目にかかりたくない名前が表示されていた。

「……はい。おはようございます。石川主任」

『あの馬鹿はお前のところにいるのか!?』

石川の言う馬鹿とは社長のことだろう。いつか私もそう呼んでみたいものだ。普段なら立場上取り繕《つくろ》うところを馬鹿と公言しているあたり、相当怒っているようだ。

「ええ、社長は佳苗お嬢様と私の部屋にいらっしゃいますが」

『今すぐ連れ出せ！　会議がある！』

「無理です。佳苗お嬢様とのお話し合いを優先されています」

『そっちに車を向かわせる。その間だけだ』

車が移動している間だけ、社長とお姫様を話し合いさせるということか。

「分かりました」

どうせあの部屋を占拠されてちゃどうすることも出来ない。

私はマンションの前で車を待ち、やってきた顔見知りの運転手に事情を説明した。

「すみません。しばらく待ってもらえますか」

「構いません。急ぐようにとは言われておりますが、時間はありますので」

中年の運転手はそう穏やかに微笑《ほほえ》んでくれたが、一緒に乗ってきた人はそうではなかった。

「今すぐ、首に縄を付けて連れてきなさい」

カッとハイヒールを高らかに鳴り響かせて車から降りたのは、流し目のよく似合う美女である。彼女は自分の喉元《のどもと》を綺麗なネイルの親指で掻《か》っ切《き》るような仕草をした。恐ろしい。久しぶりの死刑宣告だ。これが出る時は有無を言わさず社長を連れて来いということである。

この迫力満点の美女は秘書課の水田といって、社長秘書の次席だ。今日もどこぞのブランドから抜け出てきたようなバリバリのキャリアウーマンの看板を一身に背負った完璧な装《よそお》いである。隙のないスーツからふんわり波打つおくれ毛まで計算されている。彼女は私の先輩であり、秘書課のヒエラルキーにおいては石川主任に次ぐ発言権を持つ、秘書課の女王さまであった。

女王さまはチュニックにゴムパンツといった私のやる気のない休日ファッションに目をすがめはしたものの、それには構わず社長を連れてこいと命令してくださった。ありがたい。休日にまで仕事求められちゃ休めない。私は「わかりました」と恭順《きょうじゅん》の意を最大限示して、混沌《こんとん》の渦中《かちゅう》にある自分の部屋へと戻ることにした。本当は戻りたくないが、女王さまには逆らえない。

私の部屋は玄関を入ってすぐの短い廊下沿いに洗面所とトイレがあって、リビングはドアを開ければすぐに見える。

つまり、リビングでラブシーンが始まろうものなら、玄関ドアを開ければすぐに目に入るということで。

――がちゃん！

私は本能的にドアを閉めた。いかん、我慢だ。

いくら虎社長と兎姫の濃厚なキスシーンが展開されていようと、水田女史《じょし》の命令は絶対だ。あとが怖いから。……いや、もう無視して遊園地とか行っていいかなぁ。私だって遊ぶ権利ぐらいはあるはずだ。

「お迎えが到着した？」

私の中の誘惑を壊したのはドアから顔を出した金髪だった。

彼は私を部屋に招き入れると視線でリビングの二人を指したが、出来れば見たくない。それより先に目に入ったのは台所だ。きちんと片付けられている。どうやら金髪は後回しにしていた朝食の後片付けをしていてくれたらしい。意外と気が利《き》くセレブだ。

私は意を決して金髪に目でうなずくと、中にいる二人へと呼びかける。社長と兎姫のラブシーンは危険な状態だった。おいおい、もうちょっとで事に及ぶところじゃないか、ケダモノめ。

「社長、水田がお迎えに来ています。会議の時間が迫っていますので、お早く」

「ああ……」

ああ、じゃなくて兎姫抱いたままでいいからさっさと会社に行ってくれよロリコン社長。もういっそ金払うから。

その場から動きたくないほどまだ離れたくないのか、しっかりと手を握ったまま二人はこっちがイライラするほど、ゆっくりと家を出てくれた。さっさと行ってくれ。

「……あの、井沢さん。ありがとうございました」

部屋を去り際、兎姫がご丁寧《ていねい》に礼を言ってくれる。

「いいえ。お役に立てて幸いです」

二度と来るな、と言えたらどんなにいいだろう。

ここで焦ってはいけないのでやんわりと、しかし確実に急《せ》かしてうっとうしいほどお熱い二人を水田にようやく引き渡すことに成功した。やった！　やったよ、私！

社長とスケジュールの確認をしている水田を後目《しりめ》に、顔見知りの運転手は私に向かって気の毒そうに微笑《ほほえ》んでくれたから、玄関に塩を撒《ま》くことはやめた。

しかし、部屋に帰っても私はまだ問題が残っていたことに直面する。

「どうする？　掃除でもしようか」

私の部屋の規格に合わない金髪がエプロンをつけて主夫よろしく微笑《ほほえ》んだ。

そうだよ、まだこいつがいた。

「……今日は掃除も洗濯も無しです」

私は空気を入れ替えるべく窓を全開にして背伸びをする。あー空気がうまい。どこぞの社長と小娘の甘い空気より都会の不味《まず》い空気の方がうまい。

いい天気だし、今日はもう家事を怠《なま》けて遊びに行こう。何よりこの部屋にいたくない。

「私、今日は出かけますから」

出て行ってください、と言いかけた私に金髪は当然のように頷いた。

「じゃあ、僕も付き合うよ」

「はあ!?」

私はもう取り繕《つくろ》うことはしなかった。

香澄の言うとおりだ。ご飯と酒を共にすると遠慮が無くなる。

「ただし、僕の行きたいところに行くからね。——君、僕を置き去りにしたこと、忘れてないよね?」

金髪は笑顔だが、目が笑っていない。

あの二人、何をやったんだ。気になるが聞きたくない。というか、どうしてあの二人の尻拭《ぬぐ》いを私がせねばならないんだ。……そりゃあ、部外者も部外者、誰だか分からない人達の中に置き去りにしたのは悪かったとは思うが。

「初デートになるね。楽しみだ」

最後通牒《さいごつうちょう》をつきつけられて、私は溜《た》まっていた疲れがどっと大挙《たいきょ》して押し寄せるのを感じた。

(ああ、休みたい)

まず財布とスマホの引き渡しを要求され、素直に返すと金髪は苦笑した。

「無防備なのか用心深いのか、君はよく分からないね」

咄嗟《とっさ》に金目の物を手近な鞄《かばん》に詰め込んだのだ。その時、彼の財布とスマホを質にとって出て行ったのだから、私もなかなかの悪党だったのかもしれない。そのことに関しては悪いとは思ってないけど。押しかける奴が悪い。

私は今度こそシャワーを浴びるべく金髪を自宅の外へと放り出した。同じ部屋の中で待たれるのは何が何でも嫌だ。

セレブがわざわざ出かけると言うからにはどんなアッパーな場所に連れて行かれるのかと胃が痛くなったが、私はジーンズに七分袖《しちぶそで》のシャツというラフな格好で行くことにした。だってアホらしいだろう。よく分からない男のためにお洒落《しゃれ》とか。何の対抗意識だ。ふわふわしたカーディガンでも羽織《はお》ってれば上等だ。

言うことを聞かない髪への調教も今日はお休みだ。シャワーから出ると適当に乾かしてシュシュでひっつめてやった。

化粧はうっすらしたが、会社に行く時の十分の一も手間をかけていない。

私用のくたびれたトートバッグを掴《つか》んで玄関を出ると、昨日のスーツのまま金髪はマンションの廊下の壁にもたれて待っていた。

追い出されたことに怒っていなくなっていればいいと思っていたのに、さして気にした様子もない。むしろ上機嫌だ。

金髪は私の格好をざっと見て「そういう格好も似合うよ」とほざいた。気合いが無くてすみませんねぇ。

不本意なエスコートをされながらマンションを出たが、意外にも金髪は運転手付きの車を呼ばず、私に最寄りの駅はどこかと尋ねた。そしてそのまま駅に向かい、当然のように電車に乗ったわけだが、私は改めてこの金髪の害に直面する。

日本の電車で吊革《つりかわ》に顔を打ちそうになる金髪の美形は珍しいことこの上ない。私は一緒に乗り込みはしたものの、遠巻きに座席を確保したのだが、金髪は目敏《めざと》く追いかけてきて私の前に立った。

私は渋々他に席はあると誘導を試みた。

「……あの」

「なぁに？」

「……他に席が空いていますが」

「そうだね」

金髪はにこにこ微笑《ほほえ》んだまま動こうとしない。どうやらこれはセレブ流の嫌がらせのようだ。

乗車中、否応《いやおう》なく私も車内の注目を浴びる羽目《はめ》になった。

熊に遭《あ》った時は目をそらさずゆっくりと後ずさりしろと聞いたことがあるが、見上げれば首が痛くなるような金髪の美形が追いかけてきて微笑《ほほえ》んでいる時はどう対処すればいい。誰か教えてくれ。

そうして連れてこられたのは、レジャー施設の立ち並ぶ埋立地《うめたてち》だった。

「……温泉？」

いわゆる都会の温泉地というやつだ。埋立地《うめたてち》の地下から温泉が湧《わ》いて温泉施設が出来たことは知っていたが、わざわざ遊びに行くことはなかった。

朝っぱらから客なんかいるのかと思ったが、一番風呂に来る客もけっこういてなかなか盛況《せいきょう》だ。

物珍しく眺《なが》めているうちに受付を済ませてきた金髪は、私に入浴券を見せびらかした。

「今から、お風呂に入るんですか？」

「うん、僕だけね。このままじゃデートなんて出来ないから」

どうやら髭《ひげ》もあたりたいらしい。しきりに顎《あご》を気にしている。

「マイロード」

「うわ！」

朝が似合わない陰気な声に私が驚いて振り返ると、その男は不気味に笑った。

「昨夜ぶりでございます。真由美さま」

今日も葬式に行くような格好の陰気男は、大きな紙袋を引っ提《さ》げて慇懃《いんぎん》無礼《ぶれい》に礼をする。

「おはよう、リック。早くからありがとう」

「おはようございます。マイロード。昨夜からお楽しみのようで重畳《ちょうじょう》にございます」

そんなやりとりをして金髪は陰気男から紙袋を受け取ると、私に諭《さと》すように言う。

「真由美はちょっと待っててよ」

「待ってる理由がありませんが」

「今日は休暇で暇なんでしょ。ゆっくりさせてあげるから、今日は僕に付き合って」

暇じゃない。今日出かけたのは不可抗力だ。

しかし反論する間もなく、金髪は男湯へと行ってしまう。

「ちょっと！」

「真由美さま。待ち時間もあることですし、少し喉《のど》を潤《うるお》されてはいかがですか？」

そうだ、こいつがいた。

微笑《ほほえ》む陰気男を睨《にら》んでみたが、状況が良くなるとは思えなかった。

「こちらへ」

陰気男は金髪以上のそつのなさで私を温泉のフードコートまで引っ張っていく。

食券を買って注文するレストランとは言いがたい食事処《しょくじどころ》にあって、自《みずか》らを執事と称した男は明らかに浮いていた。

食券を買う間も注文口へオーダーを出す間も彼はぴったりと私に寄り添い、物珍しげに注文を受け取ったおばちゃんの視線に笑みさえ浮かべて注文したアイスティーを私の代わりに受け取った。

「どうぞ」

差し出された淡い琥珀《こはく》色の飲み物を眺《なが》めていると、本物の執事に比べて、自分の秘書仕事が子供の使いに思えてきた。

「……あの」

「なんでしょう？」

「座りませんか」

不思議なことに長身の陰気男が隣にいても威圧感はないのだが、彼が隣で突っ立っていると注目を浴びるのだ。いたたまれない。

彼は少し考えるような顔をしたが「では、お言葉に甘えて」と私の向かいの椅子に腰を下ろした。今にも葬式に参列できそうな装《よそお》いだが、動作は洗練されている。足を組む仕草さえ計算されているのか、大衆食堂の椅子さえ一流レストランの椅子のように見えた。

そんな隙のない男が、金髪が帰ってくるまでの見張りなのだ。

（あー……帰って寝たい）

アイスティーをストローで音を立てて飲んでも、目の前の男は眉《まゆ》をひそめさえしない。ちっ。ぴくりとでも眉《まゆ》を動かしたら理由つけて帰ろうと思ったのに。

「えーと……ミスター・リチャード？」

「リックで構いませんよ。真由美さま」

ですよね。私のカタカナ英語なんて通じないですよね。あなたの日本語の方がよっぽどお上手です。

「では、リチャードさん。単刀直入《たんとうちょくにゅう》に言います。あの人連れて帰ってくれませんか」

「あの人？　私の主《あるじ》のことですか？」

面白がるように陰気男は笑みを深めた。

「そうです。お忙しいんじゃないんですか？　遠慮はいりませんので首に縄を付けてでも連れて帰って下さい。ぜひ」

あんな派手な人が隣にいたら、アホみたいに注目浴びすぎて休暇をエンジョイ出来ない。

「つかぬことをお聞きしますが、あなたは私の主《あるじ》のことを何も知らないのですか？」

陰気男にしては珍しく嫌味でもなく純粋な疑問だったようで、じっと見つめて質問された。

そういえばあの金髪のことを調べようと思っていたが、それきりだった。これでも忙しいんですよ。

「あいにくレオと呼べとしか聞いてませんので。あとレストランのオーナーということしか」

「よく、素性も知れない男を自分の部屋に招きましたね」

何をされても文句は言えませんよ、と陰気男は呆れたような顔をする。

私も自分に呆れる。あの時は思っていたより酔っていたんだろう。

「素性は知りませんが、少なくとも恋人に困るような方ではないようでしたので」

一夜だろうが一週間だろうが、あの派手な金髪のことだ。たとえどんな身分だろうがあの容姿の彼を連れて歩きたい女はたくさんいるだろう。私はあんな派手なアクセサリーは御免《ごめん》こうむるが。

「甘いお考えの方だ」

「何とでも」

目の前の男も陰気を絵に描いたような男だが、食堂に入ってくる人々が一様に眺《なが》めていく。派手ではないが彼も十分整った容姿なので目立つのだ。何の因果《いんが》でこんな男達の面倒まで見なくてはならないのか。

「そういえば、どうしてあの人のことをマイロードって呼ぶんですか？」

いくら執事だからといっても、マイロードなんて何だか時代錯誤《じだいさくご》な呼び方だ。

私の質問に陰気男は目を細めるようにして笑った。

「あの方が本当に爵位《しゃくい》をお持ちだと言ったら、信じますか？」

「信じません」

イマドキ爵位《しゃくい》ってどんなご家庭ですか。万が一にも本当の話であったとしても、爵位《しゃくい》なんて持ってる人がどうして日本でふらふらしてるんだ。

「イギリスに執事学校があるのはご存知ですか？　私の母校です」

何の話だと陰気男を見遣《みや》ると彼はにこりと微笑《ほほえ》んだ。

「私はその学校を首席で卒業し、学校から幾《いく》つも紹介状を受け取りました。母校の卒業証明は世界中で有効なので。私は今の主人で三人目ですが、私の経歴と実績を考えると私を雇うには最低これぐらいかかります」

彼は手の平を私に向けた。

私はじっと陰気男の手袋に包まれた長い五本の指を見つめる。彼の仕事ぶりから考えて、私の年収より少ないことはまず無いだろう。

「……五百万？」

「はい。月収ですが」

陰気男の年収は執事喫茶にいる執事達のバイト代何年分だろう。

「マイロードにお仕えして、今年で七年目になります。ただし、先程例に挙《あ》げた月収は最低賃金ですので、あしからず」

つまり、この陰気男は執事として私では想像も出来ない収入を得《え》ていて、それをあの金髪が欠かさず支払っているということだ。

——アイスティーを飲みきってしまった。確かに飲んだはずなのに、まるで中身だけ幻のように消えたようだ。爵位《しゃくい》がどうのという話もいっそ嘘だと言ってくれ。私の現実を離れ過ぎていて頭が痛い。溜息《ためいき》をついていると、陰気男は当たり前のように尋ねてきた。

「今度は甘い物でもいかがですか？」

私より遥かに高い年収の執事は優秀だ。私が何を言ったところで、自分の主《あるじ》が戻ってくるまで、逃がす気はないらしい。

私はじとりと陰気男を睨《にら》んだ。

「きつねそばが食べたいです」

金持ちもセレブも大嫌いだ！

私がそばを所望《しょもう》すると、陰気男は「では」とあっさりと私を一人にした。

逃げるべきだ。そう思ったが、彼の視線が外れていないことに気がついた。陰気男は、背中にも目がついているらしい。

逃げればすぐ追ってくる。気配なんてよく分からないが、一度そう感じてしまったらもう逃げられない。

結局、間抜けにも大人しく待っていた私のテーブルに、陰気男はお盆にどんぶりを二つ載せて帰って来た。

彼が持ち帰って来たのは、私が要求したきつねそばとラーメンだった。

「どうぞ」

陰気男が差し出してくれたきつねそばを「どうも」と受け取る。

私はお礼もそこそこにきつねそばを食べ始めるが、陰気男はさして気にした様子もなく自分も割り箸を手に取った。

そばはチープな味付けがいい。関西にはない、この濃口《こいくち》しょうゆが十二分に発揮されているダシはまるでざるそばのつゆに浸《ひた》しているようで、けっこう好きだ。

私はそばをすすりながら向かいのどんぶりを覗《のぞ》く。

「その味付けたまご、美味《おい》しそう」

「ええ。このお値段でなかなか味がしみています」

陰気男が注文してきたラーメンはシンプルだ。のりと味付けたまごとメンマが載っている。

いかにも上等な男がラーメンをすすっているさまは間抜けではあったが、上品の域を出なかった。つくづく嫌味《いやみ》だ。

「二人して僕を待たないなんて、いい度胸してるね」

そばを半分ほど食べたところでようやく金髪が戻ってきた。

風呂に入って髭《ひげ》もあたったからか、さっぱりした顔をしている。服もカーゴパンツにシャツとジャケットといったラフなスタイルで、どこにでもいるお兄さんのようなビジネスカジュアルだ。容姿のせいで目立つのは仕方のないことだが、格好が普通なので意外と大衆の視線から外れていくようだ。むしろ黒スーツの陰気男の方が目立つ。

「僕も何か食べたいな」

そう言って金髪が座ると、いつの間にかスープまで飲み干していた陰気男が席を立った。

「では、少々お待ち下さい」

まるで呼吸するように言い残して食券売場へ行くのだから、さすがとしか言いようがない。

ずるずるとそばをすすっていると、今度は金髪がこちらを見て微笑《ほほえ》んでくる。私は珍獣《ちんじゅう》か。

「ラーメンが美味《おい》しそうでしたけど」

言外《げんがい》にメニューを見に行けと言ってみるが、金髪は肩を竦《すく》めただけだった。

「さぁ、リックがラーメンが良いと思ったらそれを持ってくるよ」

「……言ってみただけです」

どうあっても追い払えないらしい。

「ここでごはん食べちゃったらお昼はいらないよね。食べたら遊びに行こうか」

「……何かプランはあるんですか？」

「あ、やっと遊ぶ気になった」

どんぶり投げるぞ、金髪。

しかし私はそばはつゆまで飲む派だ。それを為《な》すまでは、どんぶりは投げられない。私は残った具を食べながらどんぶりをあおった。あー、おにぎり欲しい。炭水化物《たんすいかぶつ》に炭水化物を足すのは、正義だと思う。

「まぁ、今日は僕とぶらぶらしてよ」

「ね？」と微笑《ほほえ》まれてもグラリともこない私はやはり枯れているのか、金髪に魅力がないのか。

「えー、あの人がカノジョ!?」

「うっそぉ、似合わなぁい」

どこからか聞こえてくる甲高い声が何だか遠い。

世の中ってやっぱりよく分からん。

帰ってきた執事は天ぷらそばとおにぎりのセットを運んできた。奴はエスパーか。

私は遠慮なくおにぎりを奪い取り、金髪がそばを食べ終えるまでそれを食べながら、執事に関西のダシがいかに美味《うま》いかを力説《りきせつ》していた。


金髪が食べ終わると、「じゃあ行こうか」と言われて温泉をあとにしたが、彼が向かったのは、ホテルでもブティックでも無かった。

ほらよくあるでしょ。なんか高級ホテルやブティック連れて行かれて馬鹿みたいに着飾らせせられるってやつ。しかし分かりやすいセレブの象徴であった陰気男は金髪の荷物を持ってさっさと帰ってしまった。

金髪が私を連れて行ったのは温泉からほど近い、家族連れがぶらぶらしているようなショッピングモールだった。どこかの外国をイメージしているようで、石畳《いしだたみ》風の床や瀟洒《しょうしゃ》で洋風な内装が施《ほどこ》してある。

道々に並ぶ店は私が普段利用する量販店と違い、おしゃれで都会的なデザインを扱ったいわゆるセレクトショップが多い。こういう店は友人と冷やかす程度でまず自分一人では入らないが、一見《いちげん》さんほぼお断りのブランドショップよりは、若干《じゃっかん》入りやすい。

とはいえ普段から入るような店ではないので、金髪が何食わぬ顔で手に取る小物の値段に何故《なぜ》か私がハラハラした。貧乏性《びんぼうしょう》って嫌だ。

「……こういうところ、よく来るんですか？」

ぬいぐるみにスピーカーが付いていて音楽に合わせて動くという需要《じゅよう》があるのかないのかよく分からないものを見ながら、金髪は微笑《ほほえ》んで答えてくれた。

「たまにね。こうやってぶらぶら店を見るのは好きなんだ」

金髪は実に色々な店に興味を示した。それは男性物に限らず、女性物でも子供物でも、いったいそれをどうするんだというようなアイディア商品まで手に取っては見ていく。

「ごめん。僕ばっかり楽しいね」

「いえ」

元々、私は必要のない物の中から、自分の興味を発見できないのだ。だから、地元にいた頃は母や友人に付き合って色々な物を見て回るのが好きだった。付き合わせた方は大抵《たいてい》申し訳なさそうな顔をするのだが、私はそうやってくっついて回ることに大してストレスはない。むしろ、自分の狭い視野が広がるような気がして楽しいことでもあった。

仕事の週休二日制がまだきちんと機能していた頃は、香澄に色々なところへ連れていってもらった。彼女の仕事の都合《つごう》に合わせて、買い物や旅行はいわずもがな、博物館や美術館にもよく行った。最近は居酒屋ばかりだが。

「どこか、見たいところはあった？」

ショッピングモールの端《はし》まで見て回ってから、そんなことを尋ねられた。

驚いた。連れ回す人は大抵《たいてい》自分が見て回れば満足するので、私に行き先なんか尋ねない。

戸惑っていると黒い瞳に促《うなが》された。

「真由美の気になったお店に行こうよ」

そう言われておずおずと口にする。

「……アロマオイルのお店を見たいです」

道沿いにアロマの店を見つけて、殺風景《さっぷうけい》な部屋が香りで過ごしやすくなるなら物も増えなくて良さそうだと思ったのだ。

「じゃあ行こう」

金髪は嬉しそうに笑って手を差し出してきた。繋《つな》がないよ。

店内のアロマオイルにはたくさんの種類と様式があって、店員の話を聞いて一つ買ってみることにした。私はお香を焚《た》くようにアロマが漂《ただよ》う卓上《たくじょう》タイプを選んだ。これならあまり道具がいらない。

アロマオイルの店を出てからも金髪の興味は尽きなかった。

ゲームセンターに行きたいと言い出したので連れていけば、金髪はその容姿以上の注目を浴びることになった。

「さぁ、あと一枚です！」

やたら張り切った係員のアナウンスが響いて、いつの間にか集まったギャラリーが「おお」と声を上げた。

私は防護ネットの後ろで集まったギャラリーの中から、楽しそうにゴールを見つめている金髪を眺《なが》めた。

ここは普通のゲーセンとは違って、身体を動かして楽しむアトラクション型のゲーセンだ。チケットの枚数に応じて様々なゲームを楽しむことが出来る。

私は天性の運動音痴《うんどうおんち》なので参加は遠慮したが、金髪は物珍し気《げ》に次々とチャレンジした。光る文字盤《もじばん》を押したり踏んだりするゲームや、アスレチックのタイムトライアルといった、大仰《おおぎょう》な仕掛けのゲームを楽しみ、そして最後に参加したのが、サッカーボールでゴールの前に張られた板をＰＫのように打ち抜いていくゲームだ。

ＰＫゲームには専属の係員がいて靴を貸してくれたり、隣で実況までしてくれる。ゲーム実況は参加者全員にしてくれるけれど、金髪の出番の熱の入りようはちょっと見物《みもの》だった。

やたらスペックの高い金髪は、ほとんどのゲームで難なく高スコアを出していたが、このサッカーゲームは別格だったのだ。

彼はあと左端《はし》の一枚で全部打ち抜く。ノーミスで。プロなのか化け物なのか。

次々と打ち抜いていく中でギャラリーは次第に増え、私はすっかり見物客に囲まれてしまった。

そんな注目を浴びても、金髪は一向に緊張した様子もない。サッカーボールを指定位置に据《す》えると軽く離れて勢いよく走り出す。

——ドッ！

借り物のスパイクのはずなのに、金髪は重い音を立ててボールを蹴《け》り上げた。

「ゴォ――――ル！」

アナウンスが場内に響いてギャラリーが歓声を上げた。うっそぉ！　マジでぶち抜いた！

係員が金髪を褒《ほ》め称《たた》えながら彼に何か尋ねている間も歓声と拍手は続いていた。防護ネットの奥から出てきた金髪は注目の的だ。

しかもこちらに手を上げて近づいてくるのはいただけない。

「真由美、景品でクマのぬいぐるみか洗剤セットくれるっていうんだけど、どっちがいい？」

ゲーセンの景品で洗剤かよ。商店街のくじ引きか。不景気の弊害《へいがい》なのか。

注目の余波《よは》を受けながら、私は洗剤を選んだ。くれるというものはもらうのが筋です。

そのあとも金髪は私を連れ回した。

同じ施設にあるお化け屋敷で絶叫《ぜっきょう》して、クレーンゲームやカーチェイスをやって、ゲーセンを出る頃には洗剤やらぬいぐるみといった手荷物で、二人とも両手がふさがっていた。

ようやく落ち着いた先は、にゃんこカフェ。

休日だがそれほど混んでいない店内で、自由に歩き回る猫達に囲まれながら、アイスコーヒーを飲んで一息ついた。

あー疲れた。

「お化け屋敷、楽しかったね。真由美の声が凄かった」

隣で同じくアイスコーヒーを飲みながら、寄ってきた猫をあやす金髪はどこまでも楽しそうだった。

お化け屋敷は好きな方だ。それに商業施設にありがちなヤル気のない仕様《しよう》かと思えば、存外造りも凝《こ》っていて楽しめた。叫ぶのはお化け屋敷の醍醐味《だいごみ》だと思っている。

のんびりと猫の喉《のど》をぐるぐるとくすぐる金髪を見ていると、疲れたもののすっきりとしたような心地がした。

こんなに思い切り遊ぶのは久しぶりだ。

最近は他の友人は言わずもがな、香澄とも夜に飲みに行くぐらいが関《せき》の山《やま》で、こんな風に誰かと出かけること自体が久しぶりだった。

金髪にくすぐられて気持ち良さそうな猫を見ていると、まるで私もあやされているような気分になる。

今日一日付き合うという名目上、私は律儀《りちぎ》に付き合ったし、金髪も私を十分に振り回した。だが、振り回されてみると私はそれを案外楽しんだ。

(いやいや、無理矢理付き合わされただけだって)

セレブの金髪がもらっても仕方がなかっただろうが、洗剤セットを譲《ゆず》ってもらった身だ。ここに至るまで金髪に奢《おご》られたのはあの洗剤だけだが、洗剤の箱一つ分ぐらいの付き合いはしてやるべきだろう。

私が義理人情をわずかながらに思い出したところで、一匹の猫が不思議そうに近寄ってきて、私の膝《ひざ》で居眠りを始めてしまった。営業上手な猫だ。追いかけられて逃げ出したかと思えば、こうやって近づいてくるのだから甘え上手にもほどがある。

可愛気《かわいげ》のない私もこの猫のように上手に甘えることが出来たなら。

きっと兄とも両親とも上手に付き合えただろうし、かつての恋人とも上手に別れることが出来ただろう。

「そろそろ時間だけど」

猫と遊んでいた金髪が私の膝《ひざ》を覗《のぞ》き込んで少しだけ口を曲げた。そういえば猫カフェは時間制だ。

「この猫、起こそうか」

「あと何分あるんですか？」

「十分ぐらいかな。その猫、よく寝てるけどやっぱり起こそう」

彼が猫好きなのはさっきの今で分かっていたので、強引な言葉に少し驚いた。

「どうしたんですか？」

「僕も触ったことがない膝《ひざ》に乗っているのが許せない」

私も周りの客も凍り付いた。

（こいつ、なんて台詞《せりふ》を！）

素知らぬ顔をしているのは猫ばかりだ。

私は仕方なく猫を起こしてカフェをあとにすることにした。スタッフのやけにニコニコした顔が恨めしい。せめてもの救いは何も言わないでいてくれたことか。

ただ、あのカフェには二度と行けまい。

私の行動範囲が狭《せば》まっているような気がする。

カフェを出るとすでに日は落ち、街灯《がいとう》がぼんやりと道を照らしていた。そろそろ夕食の時間だからか、レストラン街へ人の波がゆっくりと流れている。

その途中に夕涼《ゆうすず》みにちょうどいい展望フロアがあって、夕日の残滓《ざんし》を眺《なが》める人々の中に私と金髪もいつの間にか混じっていた。

「今日はありがとう。真由美」

都会のビル群の間へと消えていく夕日の残り火を眺《なが》めて、金髪がぽつりと呟《つぶや》いた。

「これで今日、置いてきぼりにされたことは帳消しにしてあげる」

まだ根に持っていたのか。まぁいい。帳消しにしてくれるなら万々歳《ばんばんざい》だ。

「……あの二人、私の部屋でいったいどうやって仲直りしたんですか？」

「それを僕に聞くの？」

ただの好奇心で尋ねたが、金髪が非常にうんざりとした顔で教えてくれた。結論から言うと兎姫のカン違いだった。社長は元婚約者とは偶然会っただけで、温泉旅行のキャンセルは本当にただ外せない会議が入っただけのことだった。やっぱりものすごくくだらない。

適当に顛末《てんまつ》を語ってくれた金髪は深く息を吐いた。

「夫婦喧嘩《げんか》は犬も食わないっていうのは本当だね。正直バカバカしくて見てられない」

それには大いに同情する。あんなもの小一時間も見せられたら憤死《ふんし》する。

「彼らは自分が世界の中心だと思っているんだろうね」

辟易《へきえき》した、と金髪は肩を竦《すく》めた。

この人こそ自分の気分一つで物事を動かせそうな人だというのに。

私の胡乱《うろん》な視線を感じたのか、金髪は大きく溜息《ためいき》をついた。

「自分の思い通りになったことなんて、数えるほどしかないよ」

展望フロアの端《はし》の鉄柵《てっさく》にもたれかかって彼は目を細めた。

「世の中はこれだけ人がいて広いんだから、自分の思い通りになることなんか十分の一もないよ。それを知らないのは、大海《たいかい》を知らない蛙《かわず》だけだと思わない？」

きっと、彼の世界は私の世界よりもずっと広い。大海《たいかい》を知らない蛙《かわず》もそれぐらいは知ることが出来るのだ。

夕闇に彼のブロンドが街灯《がいとう》の明かりを受けて透けていく。

それを眺《なが》めながら私は全然関係のないことを口にした。

「――サッカー、お上手なんですね」

「あー」と金髪ははにかむように指で頬を掻《か》いた。

「プロになりたいと思ってた時があったんだ」

なるほど。まぐれではなく、実力の上か。

「……こんなこと話したのは、真由美が初めてだよ」

イケメンの口説《くど》きの常套句《じょうとうく》かと思いきや、金髪は照れた表情を隠し切れないまま顔をくしゃりと歪《ゆが》めた。言うべきでないことを思わず口にしてしまったというような、そんな複雑な顔だ。

それが私には泣き出しそうにも見えて、思わず黙って彼を見つめてしまう。そんな私に金髪は取り繕《つくろ》うように笑った。

「……今日ははしゃぎ過ぎたよ。君にいいところを見せようとしたのかも」

照れ笑いする顔がまるで子供のようで、私もつられて笑ってしまった。

「洗剤はありがたく頂戴《ちょうだい》します」

「君になら洗剤だろうと宝石だろうと、いくらでもあげるよ」

そのクサイ台詞《せりふ》がなければ、ただのセレブなのだが。

「お腹《なか》空いたね。晩ご飯も食べていく？」

時計を見ると夕食にちょうどいい時間だ。これから夕飯の支度《したく》をするのは骨が折れる。

「そうですね。食べて帰ります」

「じゃあ決まり」

「ちょっと待ってて」とスマホを片手に展望デッキへ向かう金髪を見送って、私は鉄柵《てっさく》にもたれかかった。

フローリングのデッキは人が歩くたびカタカタと鳴る。辺りに響くそれが日が落ちて涼しくなった空気に溶けて、心地良く聞こえる。

朝にはすぐ逃げ出そうとばかり思っていたというのに、今ではすっかりあの正体不明な金髪のことを信用し始めている。現金なものだ。

これが人心掌握術《じんしんしょうあくじゅつ》だと言われればなるほどと思う。金髪が私を特別扱いするそのわずかな言葉が、態度が、彼から離れがたくなっていく原因のような気がしてならない。

危険だと思えば思うほど惹《ひ》き付けられる、火に群《むら》がる蛾《が》のように。

「――大丈夫ですか？」

知らない男の声がしたかと思うと、不意をつかれて口に布が当てられた。

驚いた拍子《ひょうし》に、布に染《し》み込んだ薬品の臭《にお》いを思い切り吸い込んでしまう。

「ああ、ダメだ、意識がない。誰か救急車を」

ぐらりと自分の身体が傾《かし》いでいくのを感じた。

朦朧《もうろう》とする意識の向こうで、誰かに抱えられていく。

いったいどこへ連れていくの。

ざわめきの奥から嘲笑《あざわら》うような声が聞こえる。

――やっぱり私は、ヒロインになれない。

＊＊＊

「全員始末しろ」

自分にこれほど冷めた声が出せるとは思っていなかった。

真由美がさらわれたと知ってすぐにセーフハウスへと戻ったレオは、すでに誘拐《ゆうかい》犯の動向を掴《つか》んでいる部下達に告げた。

レオがこういった命令を下すのは初めてではない。どうやっても力でしか解決出来ない事柄は必ずある。

だが今に限っては、そばで控えていた冷徹な執事ですら息を呑んでいる。

部下の誰もが自分の主《あるじ》の本質に凶暴なほど冷酷な面があることは承知しているはずだ。しかし、どんなことにも眉《まゆ》一つ動かさない執事でも今のレオの激昂《げっこう》を前にして言葉を一時《いっとき》無くしていた。

レオは、己が常に狙われる対象であることを知っている。それが周囲の命を危険にさらすことも。

だからこそ、彼女、井沢真由美を自分と共に外へ連れ出した。

妙齢《みょうれい》の女性の部屋に転がり込むことに無理があったことは分かっている。

しかしあのまま彼女を放っていけば、確実に誘拐《ゆうかい》されていただろう。

彼女が居酒屋を訪れたのは偶然だが、レオは彼女を追ってやってきた。元々あの居酒屋のオーナーとは知己《ちき》で、来日の際には必ず立ち寄る。

だから彼女がそこにいると報告を受けて驚いた。同時にこのままにしてはおけないとも思った。

何の因果《いんが》かコンビニの前で助けて以来、井沢真由美は何度もレオの前に現れる。

ビストロ・ビヤンモンジェに訪れ、パーティーで出会い。

自分の前に現れるのは偶然なのか意図的《いとてき》なのか。

彼女の背後関係を調べさせて、その仕上げにレオ自《みずか》ら彼女と接触することにした。自分の眼識《がんしき》はプロにも認められている。

だからすべてが本当に偶然の産物だと分かった時は苦笑さえ漏《も》れたものだ。

しかし周囲はそうではない。

アポイントメントも無しにレオが人と会うのは、ごくごく稀《まれ》なことだ。偶然とはいえレオと関わりを持った真由美には密《ひそ》かに護衛を付けた。実際、彼女に尾行などが付くようになったと報告されていたし、離れたところからの護衛では後手《ごて》に回りかねない。全くの無関係な彼女をレオの事情から遠ざけるには、早急に手を打つ必要があった。

計画ではレオが最低限の護衛と共に真由美を連れ出している間に、他の部下達で誘拐《ゆうかい》犯の掃討《そうとう》を行うはずだったが。

「——今回の計画変更は、私の独断です」

セーフハウスの一角で椅子に腰かけたまま動かない主《あるじ》に、重々しく口を開いたのは執事だった。

彼は真由美を効率良く首謀者《しゅぼうしゃ》を捕らえるための囮《おとり》にしたと淀《よど》み無く白状し、最後にレオへ裁可《さいか》を委《ゆだ》ねた。

主《おも》だった部下はすでに救出に向かわせている。速《すみ》やかに彼女は解放されるだろう。

問題の中心にいるレオに、この部屋から出て彼女を救いに行くことは許されていない。彼が赴《おもむ》けば事態が悪化するのは分かり切っている。レオがやるべきことは、鷹揚《おうよう》に事態を見守ることだけだ。

たとえ、今にも飛び出してしまいそうであっても。

レオの日常は彼女にとっては非日常だ。一日、彼女を連れ回してよく分かっていたはずだった。

今回の出来事は確実に真由美の心を傷つけるだろう。

きっと恐怖と不安の前に、淡い思い出など意味をなさなくなる。

たった一日で人間らしさを取り戻したと、レオがどれほど感謝しても。

国籍はどうあれ、レオの容姿は目立つ。だから、誰の目から見ても日本人然とした真由美がそばにいてくれたことで、周囲の目が軟化したことに彼女は気がついただろうか。

誰かが対等の立場でそばにいてくれたことが嬉しくてならなかったのを感じていただろうか。

レオは自分が思った以上に久しぶりの休暇を楽しんだ。

他人を利用することに今更《いまさら》ためらいはない。

そうしなければレオは自分の人生すら歩めなかったのだから。

だが、その犠牲の火に彼女がくべられるのは我慢ならなかった。

彼女はどんなしがらみも無視して、そのままのレオを評価する貴重な人だというのに。

「――なんて顔をしているんです。マイロード」

静かにレオを眺《なが》めていた執事は呆れた顔をする。

「まるで大切な宝物を取られたような顔ですよ」

「……宝物？」

胸に広がるこの苦みの正体が、宝物だというのだろうか。

「気付いておられないのですか？　ここ最近のあなたは異常です。今日は最たるものでしたよ。常に彼女の頬の傷を庇《かば》うように立って、肩にも手にも触れないで。恋人というよりも宝物を守る壁のようでした」

本人が気にしていなくとも、真由美の頬の傷は目立っていた。人の数があればその数だけ推測が及ぶ。もしかしたらレオのせいで付いた傷だと誤解した者もいたかもしれない。それでも、一日ぐらいはそんな興味本位な視線を彼女に気付かせたくなかった。

――こんなことを、最近はよく思う。

利益があるわけでもないのに密《ひそ》かに護衛を付け、どんな事があっても自分では決して表に出ないというのに自《みずか》ら彼女を守って。

指摘されれば、普段からは考えられない行動だ。普段であれば、レオは最低限の手は打つものの、偶然出会うだけの女性に、これほど自分から関わりを持たなかっただろう。

レオの逃亡生活は、すでに人生の半分近くを占めている。

十歳の頃母が再婚し、幼い頃から折り合いの悪かった家を十七歳で飛び出した。

父を頼って渡仏《とふつ》したものの、迎え入れてくれた彼もすでに再婚して家庭があった。

だからレオは父親の姓を借り、名前を変えてイギリスの大学へと進学した。フランスで進学しろという父の反対を押し切ったのだ。

レオというのは、父親が付けたかった名前だそうだ。彼がそう呼ぶので、周囲も自分もその名前に慣れた。本来名乗るべき名前から少しでも逃げたい気持ちもあったのかもしれない。

大学に在学中、仲間と一緒に会社を立ち上げた。そういう気風のある学校でもあったので、大して珍しいことでもなかったが、ビジネスの世界は厳しくても、予想を遥《はる》かに超えて面白かった。好奇心が尽きることはなく、卒業を待たずに会社は上場企業となった。

社屋《しゃおく》が建《た》ち、人も増え、いつの間にか社長と呼ばれるようになってこれから、という時に、父の会社から合併《がっぺい》の話が持ち上がった。同時に母の実家からも。

どちらの誘いも同じだった。

——後継者になれ。

冗談じゃないと断ると、今度はどちらもレオを連れ戻す算段を始めた。

美人の秘書を送り込んだり、見合いを勧《すす》めたり。その一環《いっかん》でやってきたのが、リチャードという執事だ。父のもとからやってきたという彼は優秀で、抜け目なく父の目であり耳だった。

リチャードという鈴を付けたことで、父方の勢いは弱まったが問題は母方だった。誘拐《ゆうかい》などの直接的な手段に出るようになったのだ。

ついにはレオの親しい友人や恋人を誘拐《ゆうかい》し、脅迫《きょうはく》も行われるようになった。

度を越した凶行《きょうこう》に耐えかねたレオは、経営から離れて名目上の会長となり、イギリスでの家財をすべて売り払って国外に脱出した。その時、何故《なぜ》かリチャードは父との連絡を一切断《いっさいた》ち、レオに付くと宣言した。彼の思惑《おもわく》は分からないが、それからレオのもとには彼を守る人々が自然と集《つど》った。

そのおかげで連れ戻されることもなく、今でも家のない暮らしを続けている。

だが、会社の顔繋《つな》ぎとしてのパーティーには参加するので、その機を狙って必ずと言っていいほど父と母の追っ手がやってくる。時には荒事《あらごと》になるため、護衛がそばにいないとコンビニで買い物さえ出来ない。

——レオにとって見知らぬ誰もが敵となる。

そんなレオと偶然を重ねる真由美との出会いは、奇跡だと思った。

(本当に、奇跡ならいいと思っていたんだよ)

親愛でも愛情でも興味でも、この感情の名前は何でもいい。ただその奇跡を大切にしたかった。

それがたとえ、叶わない望みだとしても。

＊＊＊

金持ちなんか大嫌いだ。

大富豪とか特権階級とか会社の社長とかそういう類《たぐい》の奴らは、凡人《ぼんじん》の私とは異《こと》なる頭の造りをしているに違いない。いっそ宇宙人だと思っていた方がいいのかもしれない。言葉が通じないどころか意志疎通《そつう》もままならないのが当たり前だから。

「だーかーらー！　私はツカヤなんて人は知りませんし、まして恋人でも何でもありません！」

そもそもツカヤトシユキって誰のことだ。

睨《にら》んでみても、目の前の黒スーツの男は無反応だった。

この男、誰かに雇われているのが一目瞭然《いちもくりょうぜん》だ。金の使い方を間違うなよ、金持ちめ！　そんなに金が有り余ってるなら、寄付《きふ》をしろ。

気がついたら狭い部屋の真ん中に置かれた椅子に座らされていました。大人が五人も入ったら、一杯になる狭い部屋だ。窓はあるが外は真っ暗で、何も見えない。

そして今まさに男五人に四方八方《しほうはっぽう》囲まれて椅子から立つこともままならない。逆ハーレムとか、悪ふざけも出来ませんよ。マジかこの状況。

秘書になる時に、社長秘書ともなれば誘拐《ゆうかい》の一つや二つ覚悟しろなんて言われたのは、秘書課特有の冗談だと思ってましたよ。ヤバい筋とお付き合いしている会社ではないのだが、いかんせん我が社長には敵が多い。中には脳味噌が筋肉で出来ている荒っぽい人達もいるということだ。条件反射と脊髄《せきずい》反射だけで生きていけると思うなよ！　理性を持て理性を。

とりあえず誘拐《ゆうかい》された時のマニュアルは頭に入っている。

一番重要なのは、犯人を刺激せず大人しく助けを待つことだ。

「本当に塚谷《つかや》利之《としゆき》を知らないと言い張るのか？」

黒スーツはなおも同じ質問をしてくる。どのみち非力な私が、このガタイのいい兄ちゃんが五人もいるような密室からおいそれと逃げられるとは思えない。

「神様に誓《ちか》ってもいいですよ」

無神論者《むしんろんしゃ》だけど。

「そんなはずはないでしょう」

新たな男が輪に加わってきた。

黒スーツ達とは違う、上等な雰囲気の男だ。地味な紺《こん》のスーツを身に付けていて、特徴のないことが特徴となるような容姿だが、立《た》ち居《い》振《ふ》る舞《ま》いがどことなく社長と似ている。

「では、今日一日あなたと一緒にいた男は、誰だと言うんですか？」

何それ。

「彼と一緒にいたあなたが、知らないと言い逃《のが》れ出来るはずがないじゃないですか」

あんたの言う、彼っていったい誰のことだ。

何も知るはずがない。あいつが何者だろうと私には関係ない。

「知らないものを知ってるふりなんかしません」

私が知っているのは、子供みたいに好奇心の塊で、サッカー選手になりたくて、猫が好きだということぐらいだ。たったそれだけのこと。

「その類の傷、痛そうですね」

急に猫なで声を出すので睨《にら》みつけると男は苦笑した。

「彼のせいで傷ついたのではありませんか？」

「関係ありません」

腕を散々掴《つか》まれているが、この傷にあいつは関係ない。言い張る私に「そうでしょうか」と男は笑う。

「今日一日、彼はあなたのその傷を庇《かば》いながら行動していたように思いますが？」

低く笑う男の言葉にぞっとした。ずっと、彼らに監視されていたのか。

そして、私はずっとあいつに庇《かば》われていた？

(冗談じゃない)

巻き込まれたのはこっちだ。あの金髪をとっちめてやらなければ。

今の状態を忘れて、私は顔を思い切りしかめる。その剣幕《けんまく》に気圧《けお》されたわけではないだろうが、男は肩を竦《すく》めて命じた。

「とにかく、あなたが彼にとって特別だということは分かりました。――犯せ」

え、ちょっとマテ！

黒スーツ達が静かに近づいてくるのはそういうことなんですか。ちょっと待って！

荒い息じゃないのがいっそ不気味だわ！

この男達は荒事《あらごと》のプロなのだ。他人を女を傷つけることさえ業務に含まれるような。

「あー思い出した！　ツカヤさん！」

思い切り叫んだら、命令したきり遠ざかっていた男の足が止まった。

しめた。こちらを振り返ったらおまえの負けだ。

とにかく時間を稼《かせ》がなければ。荒事《あらごと》専門業にお任せされては交渉の余地がなくなる。

「何が知りたいんですか？」

男はこちらを振り返り、面白がるような顔をした。

「先程塚谷のことは知らないと言っていたように思いますが？」

「勘違いでした。ツカヤさんのことですよね？　恋人ではありませんが、知ってますよ」

なるべく頭の悪い女のような顔で笑った。

「ではお聞きしましょう。塚谷利之の恋人のことを知っていますか？」

「はい。知っています。私ではありませんが」

はっきりと答えると男はますます面白がるように続ける。

「どんな方がご存じで？」

「ええ。小柄で可愛らしい方です。年は二十二ぐらいでしょうか。短大を卒業したばかりですよ」

「塚谷とはどんな様子ですか？」

「毎日寄り添って暑苦しいほどです。お互い大切に想っていらっしゃるのでしょうね」

「よくご存じですね。そういうあなたは塚谷とはどういった間柄ですか？」

「お嬢様と私に接点はありません。私はただの秘書ですので、姿をお見かけしただけです」

お分かりですか？　お分かりですね。

そうです。今しゃべっているのは、兎姫のことです。

ようやく役に立ったなお嬢様！　えらいぞ！

「ほう、塚谷の秘書？　彼の秘書はリチャードだけだと思っていましたよ」

そういうことになってしまうのか。というか、やっぱりあの陰気男はそういう立ち位置なのか。

「私は下っ端《したっぱ》ですのでお目にかかる機会がなかったのでしょう」

「では今日は、あなたが秘書として塚谷について回っていたということですか？」

「そう取っていただいても構いません」

言明《げんめい》はしてないぞ。はっはっはっ。言質《げんち》が取れると思ったら大間違いだ。

「ではやはり、あなたの写真をあの男に送ることにしましょう」

話が違う！

「どのみちあなたに拒否権はありません。ずいぶんと時間稼《かせ》ぎをしていたようですが」

黙って話を聞いていた黒スーツの男達がゆっくりと近寄ってくる。

時間稼《かせ》ぎをしていたのは事実だがトラウマは嫌だ！

「あなたには人質になってもらいます。人質としての価値がないなら、その時は私の駒《こま》に。従順になったあなたなら、賢くて使いやすそうだ」

この男は人の嫌がることをよく知っているのだ。

女にとって何が屈辱で、許し難《がた》く、心の傷になるかをよく知っている。

「このくそったれ！　お前なんか豆腐の角《かど》に頭ぶつけて、記憶喪失にでもなればええねん！　もったいないお化けに食われてしまえ！」

あ、しまった。つい心の声が。

くだらないことに気を取られた瞬間、部屋の明かりが落ちた。

――パン！

暗闇に乾いた音が響く。

何だ何だ、この音。

バタバタという足音と、バタンという音がほとんど同時に聞こえる。

私はとっさに、椅子ごと床に倒れた。

ガタンと大きな音を立てたが、パンパンという乾いた音に混じってあまり響かなかった。ぶつけた肩が痛い。床が近くなると、黒スーツ達五人では済まない数の足音が伝わり、私が椅子ごと倒れたような音が悲鳴と一緒に聞こえてくる。

（何が起こってるの！）

怖いし悲鳴を上げたいが、結局床に縮こまっていることしか出来ない。

涙目になっているうちに、再び明かりがついた。

先程まで圧倒的に有利だった男達が、黒い野戦服《やせんふく》のようなものを着た覆面《ふくめん》の人々に、取り押さえられている。

殺風景《さっぷうけい》だったはずの部屋には何かしらの穴が穿《うが》たれていて、スーツの男達を制圧した人の手には拳銃《けんじゅう》が。

え、何あれ。まさかあれって弾痕《だんこん》ってやつですか。

いやいやまさか。平和な日本でお目にかかれるものじゃないですよ！

「ミス」

スーツ達を拘束して次々に部屋の外へ追い出す人々を見送って、覆面《ふくめん》の一人が床に倒れたままの私の前にしゃがんだ。

「ミス・マユミ・イサワ？」

「い、イエス！」

一瞬否定しようかと思ったが、直感で嘘をつくのは良くないと思った。

すると私の返事を聞いた覆面《ふくめん》は、仕切り直すように覆《おお》いを取った。

「ご無事で良かった。オーナーのところへお連れします」

にこりと微笑《ほほえ》んだのは、短いプラチナブロンドの美しい、妙齢《みょうれい》の美女だった。

誘拐《ゆうかい》する人選間違えてるよ、誘拐《ゆうかい》犯。こういう人を狙うべきだろう。

プラチナ美人に連れられて部屋を出ると、ここはマンションの一室だったことが分かった。外が見えないのは高層だからだ。

案《あん》の定《じょう》、美人と共にエレベーターに乗って表示されたのは三十四階。アホだ。こんな高いマンションに住むなんて煙か。金持ち嫌い！

無事に美人と一緒に階下まで降りると、見覚えのある黒塗りの車の前で見たことのある男が待ち構えていた。

「ご無事で何よりです。真由美さま」

今朝がた会ったばかりのその男は、相変わらずの慇懃無礼《いんぎんぶれい》で私に微笑《ほほえ》む。

「……事情の説明をしてもらえるんですか？　リチャードさん」

無礼を形にしたような陰気な男は不気味に笑った。

「まずは車へどうぞ」

疑心《ぎしん》は十分にある。これから、あのスーツ達と同じような扱いを受ける可能性だってあるのだ。同じ扱いでもすでに顔見知りである彼らから乱暴な扱いをされるのは、心の傷が深くなるだろう。このまま逃げ出して警察に駆《か》け込んだっていい。

けれど、私は泣きたいのか怒りたいのかも分からず、陰気男を静かに見遣《みや》った。

「……車には乗りますから、事情を説明して下さい」

無性に、あの金髪の顔が見たかった。

後部座席に乗せられ、動き出す車の窓からここがどこかを推測する。自分で車を運転して、知らない場所へ行くことが多い身だ。看板を見つけるのは造作《ぞうさ》もない。

国道などから推測すると、私が監禁されていたのは、埋め立て地からほど近い、新造《しんぞう》の高層マンションエリアの一角だと分かった。

そして車は、見覚えのある高速道路に乗った。

高速から見える都会のネオンが窓ガラスを通り過ぎていく。

まるで、今日一日のことが夢だったかのようだ。

腹が立ったこともうっかり楽しかったことも、全部塗り潰《つぶ》していくような。

「腕が痛みますか？」

知らず知らずのうちに腕をさすっていたらしい。床に倒れた拍子《ひょうし》に打ったのもあるが、今更《いまさら》ながら誘拐《ゆうかい》された恐怖や救出された時の驚きが身体に浮かび上がってきたようだ。

「……ビストロ・ビヤンモンジェへ向かっているんですか？」

質問を返すと、陰気男は少しだけ笑って「はい」と素直にうなずいた。

「ホテルもセーフハウスも嫌だとごねられましてね」

主語は無かったが、ごねたのは金髪だろう。

「まぁ、すでに危険はありませんから別にどこだろうと構わないのですが」

どことなく多弁な陰気男の話を遮《さえぎ》るように、私は切り出した。

「……私、あの人のせいでさらわれたんですか？」

「それは理由の半分です」

陰気男の回答はどこまでも滑《なめ》らかだった。

彼は少しの沈黙のあと、もう少しだけ躊躇《ちゅうちょ》するようにゆっくりと言う。

「――あとの半分は私の独断です。私が、あなたを囮《おとり》にしました。申し訳ありません」

主《あるじ》の名誉のために、と付け足したのは良心からなのか、計算なのか。

どちらにせよ私の心が軽くなることは無かった。

心が軽くならない分、肩から力が抜けるような感覚はこれで三度目だ。

一度目は、母親からもう仕送りはいらないと言われた時だった。


父が倒れたのは私が高校生の時で、それ以来満足に動けなくなった父を母がずっと介護している。国からの補助があるとはいえ介護にはとにかくお金がかかる。働き盛《ざか》りを失った我が家は誰も彼もが働かなければならなかった。大学受験を控えていた私も例外無く働いた。それでもすでに進学を諦《あきら》めていた私に受験を勧《すす》めたのは母と兄だ。兄は働きながら大学へ通い、私もそれに倣《なら》った。

だから、就職したら母と兄に楽をさせるのは当たり前だと思っていたし、故郷から遠く離れた会社に就職することに戸惑いこそあれ、一人暮らしにためらいはなかった。その頃には父の容態も安定し、兄はお嫁さんをもらった。この時が一番良かったのかもしれない。

しばらくして孫が生まれ、父もリハビリのおかげで改善の兆《きざ》しが見えてきた。お嫁さんが出来た人で、彼女が介護士だということも良かったのだろう。

気がつけば、私の居場所が実家になくなっていた。きっかけは分からない。ただ実家へ帰るたびに父母と兄家族に圧迫されているようで、私は居場所を失くしたように感じていた。

そのうち里帰りさえためらうようになったが、それでも仕送りは続けていた。これが唯一の、私の出来ることだと思いたかったのだ。

けれど、それも断《た》ち切れることになる。

一年前のことだ。母から電話があった。

もう仕送りはいらない。兄夫婦と同居することが決まった。

――これからは自分のために生きなさい。

母親であるからこそ、子供を解放してあげたいという心情だったのだろう。

同時に、私の心まで放り出されるとは思いもしないで。

自分がどれほど家族に依存していたのか思い知った。

見当違いにも兄夫婦を恨んだりもした。実家のわずかな財産がほしいのだと罵《ののし》ったりもした。

でも、そうではないと私は知っている。

兄も兄嫁《あによめ》も悪い人ではない。母や父だってそうだ。姪《めい》も甥《おい》も可愛いと思っている。

そんな、どこへも行き場のない私を救っていたのが、結婚目前だったはずの恋人だった。けれど彼も私から去った。これが二度目の虚無感。

他の会社の営業マンで、大学からの付き合いだった。一つ年上の彼は、学生同士のテンションの高い合コンの空気に馴染《なじ》めないでいた私を連れ出して、美味《おい》しいパスタをご馳走《ちそう》してくれたのだ。

会おう、と誘われるたびに好きになっていった。就職してからもそれは変わらず、結婚も前提にと言われ、有頂天《うちょうてん》になっていたのかもしれない。

次の日曜日に両親に会わせるという約束をして、その当日に別れを告げられた。

会社の上司の娘との結婚が決まったという。

確かに、その頃の私は秘書課に入りたてで心身共にボロボロで、彼と会っても眠ってばかりだったかもしれない。すれ違いに耐えられなかったのは私も同じだが、彼はそれがより顕著《けんちょ》だったのだろう。

その日私は固定電話の線を抜いてすぐに解約し、携帯電話も変えた。

電話で家族の声を聞けば、自分が何を言うか分からなかったし、恋人の弁解を聞けば罵《ののし》ることは目に見えていた。綺麗な思い出だけが欲しかったのかもしれない。

私は家族と恋人の話を、今まで誰にも話したことがない。知っているのは当人達だけ。親友の香澄にさえ話していない。

誰かに話して心が軽くなる程度の喪失感なら、自分の中で折り合いが付く。

自分でもどうしようもない感情を、他人にどうにかしてもらえるなんて思えなかった。

怒濤《どとう》のように押し寄せた結末に背を向けて仕事に没頭出来たのは僥倖《ぎょうこう》だった。忙しいのは受けて立つところだったから、面倒くさい兎姫の世話も丁寧《ていねい》にやった。そのせいで社長が私を直々《じきじき》に呼びつけるようになったが、おかげでクビを免《まぬが》れている。

二度あることは三度あるというが、それにしたって誘拐《ゆうかい》はないだろう。

あと一歩で自分の身がどうなっていたか。お祓《はら》いにでも行った方がいいのかもしれない。

「――到着しましたよ」

瀟洒《しょうしゃ》なレストラン前に辿《たど》り着いた車から、お偉いさんのようにドアを開けて誘い出された。

陰気男は柄《がら》にもなく私に深々と頭を下げた。

「顔を殴るのはご寛恕《かんじょ》下さい。商売道具でもありますから業務に差し障《さわ》りますので」

全く、酷《ひど》い部下もいたものだ。

私は陰気男をひと睨《にら》みして、優しい明かりの灯《とも》るビストロ・ビヤンモンジェへと向かった。

時計はすでに深夜を指しているので、レストランの明かりはよく映《は》えた。

戸を開けようとすると、内側から開かれた。いつか、私が言付《ことづ》けを頼んだコンシェルジュのおじさんだ。深夜だというのに着崩れもしないスーツ姿で、にこやかに私を迎え入れてくれる。

「こんばんは」

「ようこそお越し下さいました。真由美さま」

コンシェルジュに連れられて静まり返る広間を抜け、もう一つ奥の扉へと招き入れられる。

広くもないが狭くもない部屋に、クロスの敷かれたテーブルが一つ。椅子が向かい合わせに二脚。

あとは飾り棚があるだけだが、家具も窓にかけられたカーテンも壁紙も広間にあるものより上等と知れた。テーブルの真ん中には燭台《しょくだい》が置かれ、すでにテーブルセッティングが整っていた。

燭台《しょくだい》のろうそくの炎を眺《なが》めていたその人は私の姿を見て椅子から立ち上がったが、開きかけた口からは結局何の言葉も出てこなかった。

「では、後ほど」

二人きりでは絶対間が持たないというのに、コンシェルジュの紳士は部屋から出ていってしまう。待った、私もやっぱ帰る！

だが無情にもドアは閉じられ、私はまたしても置いて行かれた。

あとには燭台《しょくだい》のろうそくの火がゆらゆらと揺れているだけだ。空調は効いているらしい。暑くも寒くもない。

「……お腹空《なか》いたんですけど」

ぽつりと言ってみると、金髪は弾《はじ》かれたように顔を上げた。彼は遊んでいた時に着ていたラフな格好じゃない。いつか見たようなスーツ姿だ。濃い灰色のスーツは彼の重い気分を示しているようでこちらまで陰鬱《いんうつ》になる。

「……今、食事を用意させてる」

今の時間からフレンチ？　冗談じゃない。そんなお上品な食事で腹が膨《ふく》れるか。

こんなうんざりするような日の食事は、もっとパンチを利かせなければ元気に働けない。嫌なことがあったからといって休めるような職場じゃないんだ。

「キャベツと玉子あります？」

脈絡《みゃくらく》のない問いかけだったが、金髪は不思議そうにしながらも答えてくれた。

「あると思う」

「小麦粉」

「大丈夫。あるよ」

「豚肉の薄いやつ」

「冷蔵庫見てみないと分からないな」

「ソース……はないか。しゃーないな」

「……何する気？」

これだけの材料を聞いて分からないとは使えない奴だ。

「厨房《ちゅうぼう》に案内して下さい。食べたい物は自分で作ります」

困った子犬みたいな顔したってダメだ。私の素直な空腹の欲求に誰が代えてやるものか。

私は困り顔の金髪をせっついて厨房《ちゅうぼう》へと押し入った。

私達の様子を見て背の高いシェフが目を丸くしていたが、無視して冷蔵庫を漁《あさ》った。

何事かとシェフが金髪に質問しているようだったが、あいにくとフランス語など分かりません。

おお、豚の切り身があるじゃないか。

無遠慮に冷蔵庫から豚肉を取り出すと金髪が慌《あわ》てた。

「待った！　それは明日の仕込みだからダメ！」

金髪はともかく、お客様にご迷惑をかけるわけにはいかないな。

私が渋々パットから手を離すと大柄なシェフがしっしと子供を追い払うように私を冷蔵庫から遠ざけてごそごそと探って、ベーコンのような物を取り出してくれた。

ずいっと目の前に差し出された肉をしげしげ見つめて、「ありがとうございます」と言うと、呆れた顔をされた。

そうこうしているうちに金髪が持ってきたキャベツと小麦粉と玉子を受け取って、使いっぱなしだった包丁とまな板に乗せると私は猛然《もうぜん》とキャベツを千切《せんぎ》りにし始める。

シェフが後ろでわめいていたが無視だ。

千切《せんぎ》りが終われば、キッチンをひっかき回してボールと泡立て器を探し当て、小麦粉を水でとく。玉子もといて入れてキャベツを混ぜれば、ハイ出来上がり。

今度はコンロの上に出してあったフライパンに目をつけて油を引く。が、ガスコンロの扱いがよく分からない。何これ。どうやって使うの。

コンロを睨《にら》んでいた私をまたも追い払ったのはシェフだった。よく見たら精悍《せいかん》なイケメンだ。

「これを焼くのか？」

何だ日本語いけるじゃないっすか！

これ、と指したのは私が作ったタネだ。

「そうです。ホットケーキみたいに丸く。反面焼けたらベーコン乗せてまた反面」

「ガレットのようなものか？」

「何ですかそれは」

おしゃれ用語は知らないよ。

「ガレットは、クレープみたいなものだよ」

うまい具合に金髪の助け船。なるほど。

「クレープみたいに薄くじゃなくて。……やっぱいいです。火をつけて下さい。強火でいいんで」

「フランベでもするつもりか」

「……ふらんべって何ですか？」

だから専門用語並べるなって！

「家庭用のコンロで強い火ってことなら、中火ぐらいじゃないかな」

いいぞ、金髪。役に立つじゃないか。しかし業務用と家庭用じゃ火力が違うのか。

ようやく納得したシェフが火をつけ、重いフライパンにタオルを巻いてくれる。そっか、鉄だから熱くなるのか。

お玉を借りて熱くなったフライパンにタネを落とした。三つぐらいは入るか。

ジュっと焼けるこの匂いが懐かしかった。

あ、しまった。感慨《かんがい》に耽《ふけ》っている場合じゃない。

「ケチャップとマヨネーズでタルタルソースもどき作って！」

「タルタルソース？　トマトケチャップとマヨネーズなら、オーロラソースに近いものになるんじゃないのか？」

え、トマトケチャップとマヨネーズってタルタルソースじゃなかったっけ。

首を傾《かし》げる私に、シェフも首を傾《かし》げた。

「オーロラソースは、ベシャメルソースにトマトピューレとバターを加えて作るソースだ。ソースであれば何でもいいならタルタルでもデミグラスでもあるぞ」

オーロラソースって、そんな高尚《こうしょう》そうなものなのか。それにしてもファンタスティックです、シェフ。まさか故郷の味を、本格フレンチのソースで食べることになるとは。

「オーロラでいいです。それと、フライ返しとフタ下さい」

いい感じに焼けたところでベーコンを乗せて返すと、フタをして弱火にする。少し待てば完成だ。

「青ノリって贅沢《ぜいたく》は言いませんから、おかかありませんか」

「おかか？」

シェフの怪訝顔《けげんがお》を見て絶望的になるが、一応言ってみる。

「えーと、鰹節《かつおぶし》」

「あるぞ」

マジですか。

シェフが出してくれたおかかはダシに使うような本格的なものだったが、この薄さなら存分に踊ってくれることだろう。

ふんわりと焼けたそれらにタルタルソースとデミグラスソースを塗り、おかかをふれば出来上がりだ。

「さぁ、召し上がれ！」

みんな大好きお好み焼きだ！

材料が違うので味はだいぶ違うだろうが、関西仕込みが作ったんだ。味は保証しなくもない。

自分でお好み焼きを作る時のソースは、オリジナルだ。実家では当然お好み焼きソースと青のりが必須だが、都会では手に入らないこともある。だから試行錯誤《しこうさくご》を重ねた結果、ソースとケチャップとマヨネーズを混ぜたお好み焼きソースもどきを塗ることにしたのだ。意外と美味《おい》しい。

でも今回は素材もソースもまるで違う。不安になった私は味を見るため真っ先にナイフを入れた。

あーこれこれ。豚玉のこの切れにくい感じ。外はさっくりとしているが、中はふんわりとして、ソースが絶妙に効いてくる。でもタルタルソースにデミグラスソースを混ぜても美味《うま》いかもしれない。

慣れない材料ながらよく出来た。

「食べてみて」

興味深そうに私を見ていた金髪とシェフに皿を渡すと、彼らは恐る恐るといった様子でフォークで切れ端《はし》を口に入れる。もぐもぐとするうちに顔色が変わった。

「何だこれは！」

叫んだのはシェフ。

え、何。不味《まず》かった？

「何という料理だ、これは」

「え、お好み焼きですけど」

「おこのみ……？　どこの料理だ」

「えーと、元は広島が発祥《はっしょう》で関西でもよく食べられてます」

「こっちにも専門店はあるのか？」

「あるとは思いますけど、味が違いますよ」

この都会でお好み焼きを食べて衝撃だったのは、そのお上品さだった。オムそばがはみ出さないとかどんなフレンチかと思った。

「じゃあ、本場に連れていけ！」

コッテコテのソースがシェフのあなたの口に合うとは思えないが。

「ソースでよければお譲《ゆず》りしますが？」

地元の友人からわざわざ送ってもらったストックがまだある。お好み焼きソースは悔しいかな、未だ地元でしか手に入らない。

「もう一枚焼いていい？」

あーっ！　いつの間に完食しやがったこの金髪め！

それからはもうゴタゴタだった。様子を見にきたコンシェルジュのおじさんと陰気男も交《まじ》えて、厨房《ちゅうぼう》でお好み焼きパーティーとなってしまった。

フレンチレストランの厨房《ちゅうぼう》がお好み焼きの匂いに包まれ、上等な白ワインも、そのツマミになった。

私はシェフにソースを譲ることを約束させられた。

そんなことをしていて気がついたら朝の五時だ。なんてことだ。太るよこれ。

「真由美」

ワインのボトルを一人で二本は空けたというのに、金髪は未だ酔った様子がない。厨房《ちゅうぼう》に持ち込んだ椅子に深く腰かけて、まどろむように私を呼んだ。

存外、酒に弱かったシェフはとっくに潰《つぶ》れ、コンシェルジュと陰気男は店のソファで寝てしまった。ごめんなさい。高級レストランで酒盛《さかも》りとか無いわ。

「真由美」

一向に振り返らない私に苛立った様子もなく、静かな声が再び呼びかけてくる。

酒に酔ったふりをして無視することも叶わず、私は金髪に振り返った。

「ツカヤトシユキって名前なんですね」

何か言われる前に質問すると、金髪はゆっくりとうなずいた。

「そう。塚谷利之が僕の名前」

日本国籍だよ、と付け足して金髪は苦笑した。

「似合わないでしょ」

「そうですね」

日本名がこれほど似合わない人もいない。

「僕は、……たぶん君が考えているよりも大きな会社にいる」

私がいる会社よりも、というのは言外《げんがい》に感じた。

「会社が大きくなればなるほど、馬鹿げた理由での諍《いさか》いも多くなるものでね。昨日の騒ぎも、その一環《いっかん》」

「それに、私は巻き込まれたんですね」

「……やっぱりはしゃぎすぎたんだ、僕は。君を守れるつもりでいた」

金髪は疲れたように自嘲した。

言い訳をしないだけマシだ。彼は助けてくれた。

だが、守ってはくれなかった。

私は、昔から男に守られた記憶がない。

父は働いていたものの私が生まれた時にはすでにロクデナシで、事業に失敗しては母に苦労をかけているような人だった。だから私は母と兄に育てられたようなものだ。兄もその頃はまだ子供だったから、結局私を守ってはくれなかった。

恋人の場合は、もう仕方がなかった。彼は何か言うたびに私を「強い女」だと誉《ほ》めていたから。

社会に出てからも同じだ。生真面目《きまじめ》でしっかり者、誰に頼られたって大丈夫。それが私だった。

だから正直、社長に思い切り庇護《ひご》されている兎姫が、大の苦手だ。兎姫と対する時には自分の顔から羨望《せんぼう》と嫉妬《しっと》が滲《にじ》み出てしまうようで、常に秘書の仮面を被《かぶ》らなければならなかった。

所詮《しょせん》、ラブロマンスは小説の中だけだ。順調に進む恋は常に他人の物であって、私の物ではない。

「知りたい？　僕のこと」

ゆったりと椅子に腰かけるその人はやはり百獣《ひゃくじゅう》の王のようだった。優しくて、傲慢《ごうまん》な。

「私が信じるのは」

レオという名前だけ知っていれば良かった。

「あなたから出た言葉だけです」

だから、これ以上はいらない。

「洗剤セットとアロマだけ下さい。あとはいらないです」

もうこれ以上、この人に私の生活をかき乱されたくなかった。

得体《えたい》が知れなくて危険だらけのこの人は、問題だらけの私に安易に手を差し出す。彼とは、もう金輪際《こんりんざい》関わり合いたくない。どんなにその隣が不思議と心地良くても、私は自分の問題で手一杯だ。

「あなたにはもう会いません」

百獣《ひゃくじゅう》の王の黒い瞳が揺れていた。

だが、彼は静かに微笑《ほほえ》む。

「分かった」

立ち上がって何をするつもりかと思えば、引き寄せられる。

抱きしめられているというのに、まるですがりつかれているようで、放してと言えなかった。

耳元に吐息《といき》が寄せられ、反射的に身が竦《すく》む。その震えを癒《いや》すように背中がゆっくりと撫《な》でられた。

あまりにも優しくて視界が滲《にじ》んだ。

カーテンの隙間《すきま》から差し込んでくるのは朝日だろうか。

一筋《ひとすじ》の明かりがきらきらとブロンドを照らしている。

「君が無事で、本当に良かった」

彼の優しい声は、まるで泣いているようにも聞こえた。

3

「この書類、次の会議で使うからデータにしておいて」

次の会議って、記憶違いじゃなければ、お昼を挟《はさ》んで一時間後じゃなかったですか。

ふわりとした香水の匂いと一緒に渡された書類はゆうに二十枚はあった。

とっさに辺りを見回すが、私を助けてくれそうな人はいない。いつものことですが。

よく見ればこの書類の責任者、専務って書いてあるんだけど。そういやあのお姉さんは今専務の秘書だっけ。くびれた腰がたまらんと、庶務《しょむ》課時代に男性社員が漏《も》らしていたのを聞いたことがある。

「おい、井沢！　何をサボってる！　早くしろ」

高速でパソコンのキーボードを叩く石川が、画面を見たままこちらに檄《げき》を飛ばしてくる。あの人にはきっと目が百個あるんだな。

ただいま私が作っているのは簡単な表だ。お忙しい社長に目を通していただくための数値を表にしている。何この業務。自分で作れよ。しかし石川は今度のパーティーでやる演説の原稿を考えてるし、沖島はスケジュールの調整に電話をかけまくっているし、水田はパーティーの調整と今度の出張の調整を並行でやっている。社長はといえば、次々と上がってくる決裁《けっさい》をひたすら処理している。

まぁ、誰も暇じゃないんです。

秘書課は役付きのプライベートにすら関わるので他の課からは大きく離され、一種の隔離《かくり》施設のようになっている。だが中は意外とシンプルで、普通に喋《しゃべ》ればどこからでも声が聞こえてしまう動く壁で区切られているだけだ。

秘書課の中であれば書類の受け渡しも楽ではあるのだが、だから私を含めた社長付きの秘書は他の秘書と違い専任だ。お気に入りの秘書がいる役付きもいるが、我が社は基本的にローテーションで秘書に付くことになっている。専務の書類を私に回されるのは、普通であれば考えにくい状況だ。

（これは明らかに越境《えっきょう》行為では）

しかし私は下《した》っ端《ぱ》秘書。先輩の命令は絶対である。作った表を石川のパソコンに社内メールで飛ばし、先程渡された専務の企画書だか報告書だかを打ち込んでＰＤＦ化していく。あー、めんどくさいなぁ。お昼食べられるのか、これ。

そう思って時計を見たら、もうすぐお昼の時間だ。まずい。

「石川主任！」

小学生よろしく手を挙《あ》げると、無言の圧力が返ってきた。おお、さすがエスパー石川。末席《まっせき》にいる私によく気付いた！

「残業しますので申請《しんせい》お願いします」

説明しよう。うちの会社は上司に申請《しんせい》しないと昼時に仕事が出来ない仕組みなのだ。黙って仕事をしようとしても無駄だ。パソコンの電源が一斉《いっせい》に落ちる。

節電だか効率だかを誰かエライ人が考えたらしい。スゴイよねぇ。私には関係ないけどな！

書類を打ち込んでいたら申請《しんせい》許可が社内メールでやってくる。

——はずだった。

メールを開けて、うっかり「うげっ」と唸ってしまった。

〝誰が許可するか。何度目だ。とっとと仕事止めろ。〟

簡潔な石川の怒号《どごう》が書かれてあるだけだった。馬鹿な。すぐ昼のチャイムだよ。

慌《あわ》てて今まで打ち込んだ書類をバックアップした。

間一髪。お昼を知らせる何だか緩《ゆる》い曲と共に、パソコンの電源がブツンと落ちた。あぶない。

いつも思うけど、なんて鬼畜なシステムなんだ。効率を上げるためとかいうけど、どうしたって時間かかる時なんかあるじゃない。誰も彼もが職人だと思ってはいけないと思う。

「おい。何の仕事をしてるんだ」

鬼のように忙しい秘書課も、さすがに昼時はまったりとしているというのに、顔を上げたら一人いかめしい顔をした男が私を見下ろしていた。

上司の石川です。

面白味のないグレーのスーツを着て銀縁《ぎんぶち》メガネをかけた彼は、優雅と精悍《せいかん》の中間にいるような整った顔立ちだ。ファンタジーに出てくる騎士みたいな顔立ちと言えばご想像いただけるだろうか。

実際、武芸も嗜《たしな》むんだそうで。

警察官というには何だかエリート臭《くさ》くて秘書というには何だか強面《こわもて》という、どっちつかずの体格と顔をしている。

彼は私が何も言わないうちに専務の書類をさっと取り上げて、人目もはばからず怒鳴った。

「またこんなものを押しつけられやがって！」

お上品な騎士面《づら》にあるまじき口の悪さが石川の点数を下げているらしい。秘書として同行している時は澄ましているので、社長にくっついてる姿しか知らない課の外では人気がある。

「新田《にった》！　またこいつに仕事を押しつけたな！　自分でやれ！」

石川の怒号《どごう》を受けて、先程の香水女、新田が渋々書類を受け取った。他の社員なら言いくるめる算段もついただろうが、相手は石川だ。彼が怒ると自慢の媚態《びたい》も弁解も通じない。だからって私を睨《にら》むのはお門違《かどちが》いだ。

途中までやったから、あとでＰＤＦをまとめて送っておこう。どのみち石川の監査が入ったからには私もこの書類の続きは出来ない。

「お前はとっとと飯を食え。それから次はこれを計算してデータにしておけ」

石川に渡された書類の束は、実に五十枚はありそうだった。計算だけでなく、単純な表も作らなければならないようだ。

社外で食事をとるのか、去っていくグレースーツの背中に心の中で鬼と書いてやった。

さっき押しつけられた文書仕事の方がマシだ。間違えても怒られるのは新田だし。専務のハゲは、たった一つのケアレスミスを槍玉《やりだま》に挙《あ》げるようなことはしないおじさんだ。

だが今渡されたこの計算は、少しでも間違えれば重箱《じゅうばこ》の隅《すみ》をつつくように石川に責められる。それはもう秘書課中に響き渡るように怒られる。想像しただけで吐きそうだ。

顔を歪《ゆが》めていたら、机にチョコレートが置かれた。

綺麗な包装紙にかかっている指をたどって見上げると、いかにも仕事が出来そうな顔がにっこりと笑った。

「疲れてるねー、井沢ちゃん」

年下の先輩の沖島です。顔はとても真面目《まじめ》な好青年風だというのに、口を開くと残念な男だ。今日も深い紺《こん》色のスーツで髪のセットから靴の先まで隙なく洗練された装《よそお》いだというのに、私の傍《かたわ》らでへらへら笑う様子は、まるで身代《しんだい》を潰《つぶ》す若旦那のようだった。

私にはお前は稼《かせ》ぎ頭のホストかと問いたくなるほどチャラいが、こいつも外面《そとづら》だけは優秀なようで、外では真面目《まじめ》で清潔なイメージを保っている。

裏では合コンで目を付けた女を片っ端からお持ち帰りしているというのに。

この男のおかげで人間は面《つら》の皮一枚なんだということがよく分かりました。

「頑張ってる井沢ちゃんにあげよう」

差し出されたチョコレートを素直に受け取るのは馬鹿だ。

「……誰からもらったんですか？」

「えーと、総務の子だったかな」

名前は忘れちゃった、と笑うこいつは女の敵です。不用意に受け取ったが最後、修羅場《しゅらば》に巻き込まれかねない。ええ、経験があります。

「いりません。これからお昼なので」

「だったら、外に行こーよ。パスタなんてどう?」

「弁当なので」

「じゃ、俺も弁当にしよー。コンビニ行ってくるから、お茶淹《い》れておいて」

何故《なぜ》貴様の茶なんぞ淹《い》れねばならん。

しかし私は下《した》っ端《ぱ》秘書。

「私もお願い。紅茶ね。ダージリンがいいわ」

女王さまのお帰りだ。今日も美しい出《い》で立《た》ちの美女が颯爽《さっそう》と秘書課へ帰ってきたのだ。手にはコンビニの袋だが、完璧なメイクと計算された栗色の長い髪、ブランドスーツとハイヒールが眩《まぶ》しい。

水田女史《じょし》です。

早々に近くのコンビニへ行ってきたらしい。その容器はパスタにサラダにデザートですか。

彼女は自《みずか》らの美を追求することに余念がないが、食べることも旺盛《おうせい》だ。決して我慢してサラダだけの昼食なんぞはしない。

「俺はコーヒーね」

よろしく、とチャラ男は出て行くし、美女は必要なことは伝えたとばかりに席に着く。

先輩二人の命令だ。私に拒否権などない。私は渋々給湯室《きゅうとうしつ》へと向かった。

ここには社長も飲むような玉露《ぎょくろ》から、私のような下《した》っ端《ぱ》が飲むティーバッグまで完備されていて、接待をするから他の部署より若干《じゃっかん》広い。簡易のキッチンまでついているので、インスタントラーメンぐらいは内緒にしていれば作れるかもしれない。残業の時に試してみよう。

しかし茶ぐらい自分で淹《い》れればいいのに。もっと言えばペットボトルで良くないか。せっかくコンビニ行ったんならジュースから酒まで選《よ》り取《ど》りみどりだろう。就業中に酒はさすがにまずいが。あー、ビール飲みたい。

「おい」

うわ！

声をかけられて驚いたものの、私は賢明にも声を上げなかった。えらいな私。

振り返ると、不機嫌な石川がこちらを睨《にら》んでいる。まさか私の頭の中まで覗《のぞ》いちゃいないだろうな。仕事中にビールなんてまさか。さすがにやらないですよ。ええ。

「緑茶を二つ淹《い》れて社長室に持ってきてくれ」

ええええ。

「器は何でもいい。飯を食うだけだから」

社長と食べるんですね。そういや最近の社長は兎姫の愛妻《あいさい》弁当だっけ。あー面倒な。

しかし私に首を横に振る権利があろうはずもなく。

「分かりました」

どうしてみんなバラバラな飲み物にするんだ。全部チャンポンして持っていけば文句ないか。

石川が去ってから私はばたばたとコーヒーメーカーを動かし、湯を沸《わ》かし、紅茶と緑茶の茶葉を用意する。先に瞬間湯沸《わ》かしで沸《わ》いた湯で茶器を温めておいて、それぞれのポットと急須に湯を注いだ。社長室に持っていく緑茶は面倒だから保温出来るポットに移し替える。紅茶はティーポットに注ぎ直した。

コーヒーもポットに移して全部ワゴンに乗せて給湯室《きゅうとうしつ》を出る。

あんまり待たせると怒られるんでね。

頼まれた順に置いて回る。まだ戻っていない沖島の席にコーヒーポットとカップを、水田にティーポットとカップを。水田は注がなきゃ受け取りもしないのでセットして渡してやって、社長室へ向かう。

社長室はどの役付きよりも秘書課から近い。廊下一本隔《へだ》てて正面の部屋をノックして返事を待ってからワゴンを置いてお盆を抱えて入る。

社長が普段仕事をしている部屋の続き部屋に応接セットがある。そこで弁当を広げている男二人がいた。社長は愛妻《あいさい》弁当だとよく分かる可愛らしい弁当で、独身の石川はコンビニの根菜《こんさい》弁当だ。渋いな。

二人ともなまじ顔がいいから、さまになってるんだかなってないんだかよく分からない。少なくとも微笑《ほほえ》ましくはない。

「お待たせいたしました」

緑茶のポットから茶をついで湯呑みを渡し、ポットを置き去りにしたら仕事は終わりだ。

おかげさまでお腹《なか》がとっても空きました。

「井沢」

足早に立ち去ろうとしているのが分からないのか。空気読め社長。

「傷の具合はどうだ」

あー、そういやまだガーゼしてたっけ。石川の補佐なんて嫌だからカサブタになっても貼ってたよ。どうりで週明けても何となく注目浴びると思った。

「もうほとんど傷痕《きずあと》は残っておりません」

かさぶたが意外としつこいんだ。水田には三日目に無理矢理化粧して出勤したせいだと怒られた。

「君の頬をひっかいた先方からぜひ謝罪をと申し入れがきている。どうする？」

どうするも何も、あんた達のところでほとんど決まったんじゃないのか。

「社長のご意向《いこう》に沿う形で構いません」

ご満足いく回答だったのか、社長はすぐにうなずく。

「それと、主催側からも顔の傷が完治し次第、話があると聞いている」

私に話なんかないよ。あえて何でも言っていいなら、血塗《まみ》れの私が催促《さいそく》するまで布巾《ふきん》をくれなかったウェイターにもっと精進《しょうじん》しろと伝えてくれ。まぁ、言わないけど。

「ご迷惑をおかけしましたとだけお伝え下さい」

「主催側が騒ぎに巻き込んだ詫《わ》びだとか理由を付けて、見合い話を持ちかけてきたそうだ」

そう付け足した不機嫌な石川の顔にお盆をぶつけたくなった。多大に余計なお世話だ。

それから、と社長は珍しく言いにくそうに言葉を淀《よど》ませ、ぼそりと続けた。

「先日は、迷惑をかけて悪かった」

週末の大騒ぎについてだろうか。

悪いで済んだら警察いらないって。でも謝られただけマシか。

「いいえ。どうぞ、お嬢様を大事になさって下さい」

会話を断《た》ち切るように社長室を出ると、ようやく自分の茶を淹《い》れて席に戻った。昼休みはあと三十分を切っている。

弁当を慌《あわ》ててかき込んでいたら、コンビニで買ってきたサンドイッチを食べていた沖島が大笑いし、水田が冷たい視線で睨《にら》んできた。食事はゆっくりとるのが彼女の鉄則らしい。私には時間がないのです、女王さま。

昼休み終了と同時に起動するパソコンから新田にデータを送ると、彼女は私を睨《にら》むことをやめてくれた。助かった。

それから私は終業まで計算に追われ、終わったのは定時の五分前だった。とにかく終わって良かった。

これが普通の毎日です。顔の怪我が治ればこれに社長との随行《ずいこう》が入ります。ああ、嫌だ。

しかし、今日はこれで終わらなかった。

「井沢。話がある」

毒舌《どくぜつ》主任が呼び止めるではありませんか。

私に話はない！

「来い」

そんな命令されてついていくのは犬だけです。

が、私の拒否は許されていない。

私は、是《ぜ》以外の答えが返ってくるとは思っていない石川に渋々うなずいた。

「……分かりました」

会社員って厳しい。

まだ課内に人が残っている定時終わりの帰宅時間。男の上司に女の部下が名指しで呼ばれたら疑《うたぐ》り深い人は男女の仲を想像するかもしれない。

だが、私と石川を見送る顔は、いずれも同情とか憐《あわ》れみだった。間違っても私と石川の仲を気にした様子はない。

当然だ。私はせいぜい石川の小間使いとしか思われていないし、当事者である私もその気分だ。ご主人様とでも呼べばいいのか、この鬼上司。

堂々と退社する彼のあとをくっついてエレベーターに乗り込むと、石川が押したのは地下のボタン。

おいおい、そこには管理職の車しかないけど。石川は管理職じゃないだろう。

実力も発言力もまさしく筆頭だろうが、課長は別にいる。まだ二十代の頃に課長職へのお誘いがあったというのにわざわざ蹴《け》ったらしい。出来る奴の考えることはよく分からん。でも何かあった時は体《てい》良く課長に後始末などを押しつけているので、課長は胃薬が欠かせないようだ。天は石川の性格まで良くしてくれなかったらしい。

「何だ」

盗み見ていたのがバレて睨《にら》まれた。

「あーいえ。それで、お話というのは……」

「着いたら話す」

文脈が整った日本語話せ。どこへ連れてくつもりだ。今日は買い物行かないと、我が家の冷蔵庫には牛乳しかないんだぞ。

と、言えるはずもなく、それきり黙り込んだ上司に黙ってついていくしかない。

エレベーターが地下に着くと、薄暗い駐車場の中で迷いなく歩き出す石川を追いかける。

何台もの車を避《さ》け、石川が選んだのは見覚えのある車だった。

「乗れ」

え、冗談でしょ。

指し示されたのは後部座席。問題はすでに乗っている人だ。

「井沢。早くしろ」

どうしてアンタと同じ座席に座る羽目《はめ》になるんだ、社長。

ためらっている内に石川はさっさと助手席に乗ってしまう。運転手は顔馴染《なじ》みのおじさんだ。

何だこの状況！

「井沢」

石川の呼びかけに応える脊髄反射《せきずいはんしゃ》が恨めしい。

私は背筋を正して社長の隣に乗り込んだ。すると車はゆっくりと地下駐車場を出発してしまう。

「そのガーゼが目立つ頬に労災が降りることになったぞ」

こちらをちらりとも見ず、唐突に口を開いた社長に驚いて、思わず目が丸くなった。いくらかもらえるかなーというのはあくまで希望だったからだ。

「明日、石川から書類をもらえ。詳細もだ」

「ありがとうございます」

幸い、最近は表に出るような仕事を回されていないので、ガーゼが目立ったところで私の業務に差し支えはない。もっとも、外出業務がない理由は社長が手を回しているからだろう。自分達のせいで秘書が怪我したなんて、外聞《がいぶん》が悪いもんね。

「先方からの謝罪は俺でとどめておく。間違ってもお前の方へ押しかけるような真似はさせない」

腐っても社長だ。ある程度なら部下を気遣《きづか》って下さるようだ。

「だが、主催側からの見合いは受けろ」

何ですかそれ。見直しかけた私がバカでした。

「主催者夫人の祖母の妹の娘がとある家の三男に嫁いだんだが、その家の長男の息子らしい」

もう他人だよ。

「主催側の会社との提携《ていけい》事業はまだ継続中だ。見合いは、夫人の顔を立てると思っておけ。成功失敗は問わないが、一応親に連絡を取るんだな」

私の人生の分かれ道を会社の接待として扱われるとは思ってもみませんでした。転職したい。

「それと、井沢。お前はいつ、あの塚谷と知り合った？」

ツカヤ。聞き覚えのある名前だな。

「お前の部屋にいたのは幻か？　それともまさか、あの男の恋人なのか？」

「違います」

勘違いはその誰にでもモテると思ってる脳味噌だけにしておけよ社長。

そういやあの金髪、名前は塚谷とか言ってたね。忘れてた。

申し訳ない。今の今まで思い出すことすらしていませんでした。

金曜日の夜にある合コンの件でメイクスタジオのお姉さん達との連絡に忙しくて。

奴との接点は偶然居酒屋で遭遇して、帰るのが面倒だと駄々《だだ》をこねられ、家に押しかけられただけです。ついでに奴のせいで誘拐《ゆうかい》されました。

と、言えたらどんなに良いだろう。自分で並べてみてもあり得《え》ないと思った。

「塚谷利之が何者か、まさか知らないわけじゃないだろうな」

おお、さすが鬼の石川。鋭い。

ごまかそうとして笑ったものの、バックミラー越しに睨《にら》まれた。石川は睨《にら》みながらも説明してくれた。

「塚谷グループの後継者として注目されている実業家だ。母親が塚谷グループ本家の一人娘で、父親はサンテモルクグループの総帥《そうすい》だ。こちらからも次期総帥《そうすい》として名指しされている。自《みずか》らも若くしてイギリスで会社を興《おこ》し、大企業を作った。今は自分の会社でも会長職に逃げて世界中をブラブラしている、ワールドワイドのお尋ね者だ」

お尋ね者とはまた物騒《ぶっそう》な。怪訝《けげん》に思っていたのが顔に出たのか、石川は説明を続ける。

「塚谷の両親は不仲で有名だが、息子の利之をどうしても後継者に据《す》えたいらしい。だから彼は全世界に失踪届《しっそうとどけ》を出されている」

お尋ね者とは言い得《え》て妙だったらしい。

「しかも情報提供者には私的に賞金まで出している。少し事情を知っている人間は、塚谷の名前を聞けばすぐピンとくる。……お前はこなかったようだがな」

石川は呆れたように言う。塚谷グループは大きな会社なので耳にしたことぐらいはあるが、まさかあの金髪が関係者なんて誰が思うか。

石川と私のやりとりに社長も肩を竦《すく》めた。

「塚谷とサンテモルクの争いは酷《ひど》いものだ。両家の内部でも利之を後継者に据《す》えたい派閥《はばつ》と、後継者にしたくない派閥《はばつ》に分かれているらしい」

きな臭《くさ》いことこの上ない。ぜひ映画の中だけでやってもらいたいものである。内心もうカンベンしてほしいと思っている私に気がつかない社長は、あんまり聞きたくないことを追加してくれた。

「利之の会社はイギリスにあるが、彼本人は家も持たない根無し草状態だ。常に移動していてどうしても出なければならないパーティー以外では姿を現さない。経済紙にも載《の》りたがらないから顔すら知られていない」

写真一枚いくらの世界だ。

確かに荒事《あらごと》にも発展しそうな物騒《ぶっそう》な周囲をしている。

——何やってんだ。あの金髪。私と遭遇していたことが奇跡のような経歴だ。

「俺はアメリカのパーティーで顔を見かけたことがあったから知っていたが、一般に知られているのは派手な経歴ぐらいだ」

さすが社長ですね。セレブ過ぎて吐きそうです。

久しぶりに聞いたあいつの存在に頭が痛くなりそうだった。いやなんかすでに痛い。

しかし金髪との接点はすでに切れている。

お好み焼きをたらふく食べたあと、私は再び陰気男に家へと送られ、彼にシェフと約束したお好み焼きソースを預けた。

それで終わりだ。

「井沢。彼と知り合いだと知られれば、どうなるか分からないぞ」

石川の叱責《しっせき》が心配しているようにも聞こえて不思議な心地がした。誘拐《ゆうかい》なんぞ当たり前。そういう世界なんだろう。身をもって経験した。

「ただの知り合いです。帰る場所がないというから泊めてあげただけで。もう会わないと約束したので、居場所すら知りません」

友達だと言えないほどの短い付き合いだった。

そういえば兎姫に「恋人なんですか？」ってからかう気満々な顔で聞かれたよ。笑顔全開で違うと否定しておいたけど、あの天然お姫様にどこまで通じただろうか。

「俺達以外に言うなよ。顔の怪我ぐらいじゃ済まなくなる。もちろん、ここにいる全員が口を嗤《つぐ》む」

石川に言われて、頬に貼り付けたガーゼが今になって気になった。

そういえばあの金髪は、最初こそ私の頬を気にしたが、遊んでいる時は私にそれをほとんど感じさせなかった。人の目も自分の目も、私には一切《いっさい》知らせずに。

それはたった今、ガーゼのことを思い出すほどに。

長い話の間に私は社長の車で自宅まで送られた。「失礼します」と車を降りると、何故《なぜ》か石川まてついてきた。

え、何か用ですか。

社長の車はあっけなく去ってしまい、あとには私と石川の二人だけ。

お腹空《なか》いたんだけど。もう今日はカップ麺とビールで我慢するから。

「……飯は」

じっとこちらを睨《にら》んでいたかと思えば石川がぽつんと言うので、私も珍しく素直に答えた。

「家でカップ麺食べてビール飲みます」

「お前はオヤジか!」

「家にそれしか食べ物がないんです」

わずかに残ってる牛乳だけで何か作れってか。

「……もういい分かった。食べに行くぞ」

石川は心底呆れた様子でそう提案してくるが、鬼主任との会食なんて、胃が痛くなりそうだ。

「いえ。もう遅いですから」

「不健康な食事ばかりで体調崩されたら、迷惑なんだよ！」

あんた一人で食べに行けよ、俺様上司。

「奢《おご》ってやる」

「行きつけの居酒屋でよろしいなら、お連れしますが」

……上司は私の扱いをよく心得《え》ているようだ。

自宅から歩いていける距離に行きつけの居酒屋がある。特にご飯の無い時によく行くのだが、料理も酒も美味《うま》い。

私と並んで歩き出した石川が溜息《ためいき》混じりに口を開いた。

「――お前、秘書の仕事嫌いだろう」

いきなり核心ついて会話が成り立つと思っているんですか。

サービス接待も良いところだ。奢《おご》っていただけるのは残業代と思っておこうか。

「答えたくありません」

はっきり言って、秘書の仕事を好きだと思ったことはない。

必要になるからと勧《すす》められるまま秘書検定二級なんて持つんじゃなかったとまで思った。結構頑張って勉強したのに。

「あのまま庶務《しょむ》課にいれば、お前は係長に昇進していた」

石川の言葉に、やっぱりなと思った。先輩が寿《ことぶき》退社したからそんな気配があったんだ。

「だが俺が引き抜いた」

てめぇのせいですか。昇給の恨みは深いですぞ。

「三人ではこなせない業務が多くて、事務の出来る奴が必要だった。お前は何とも思ってないようだけど、仕事の速さだけならお前の方が俺より速い」

石川は私より幾《いく》つか年上だが、それでも世事に疎《うと》い私でさえ分かる天性の出世株だ。

その株に誉《ほ》められるなんて。明日は槍《やり》が降るのだろうか。

「だから人事に無理言って引き抜いた。……お前には迷惑なことだったかもしれないが」

迷惑以外の何物でもなかった。

おかげで遊ぶ暇も勉強する暇もなく、ただひたすらイジメに耐えた。

心底無駄な時間だったと今は思っている。

「プライドの高い連中から、嫌がらせに遭《あ》っていたのは知ってる」

俺もお前には厳しく接するようにしているしな、と余計なことも付け足された。

やっぱり厳しいのか。

「俺の鳴り物入りで秘書課に入ったのは課内の誰でも知ってる。だから甘くするわけにはいかなかった」

うわーすごい迷惑。

弁解するように顔をしかめている石川を見上げると、正直殴りたくなった。

住宅街の隙間《すきま》にあるビルにひっそりと居酒屋がある。アルバイト二人と女将《おかみ》さんと大将だけの店で、ご飯が美味《おい》しい。私がこの辺に住んで良かったと思った理由の一つだ。

のれんをくぐって「女将《おかみ》さん」と着物に割烹着《かっぽうぎ》の女性に声をかけると、にっこりと微笑《ほほえ》んで席を用意してくれた。

いつもはカウンターだけど今日は個室で。カウンターは満席だったからちょうどいいか。

「とりあえず生と刺身とごはん。主任はどうします？」

座るなり女将《おかみ》さんに注文すると、半眼《はんめ》になって石川が睨《にら》んできた。

「飲むのか」

そういえば石川に限らず秘書課の人達と飲みに行ったことはない。接待業務もあるから時間無いんだよね。

「じゃあ、俺はウーロン茶。刺身もらうぞ」

「どうぞ。じゃあそれで」

割烹着《かっぽうぎ》の後ろ姿を見送ると、石川は深く溜息《ためいき》をついた。

「俺が店を選んだ方が良かったか」

「生ビール飲めない店は嫌です」

「……本当に酒飲みだったんだな」

「そういう主任はお酒は苦手なんですか？」

珍しく石川が押し黙る。マジで。

「……飲めなくはない」

なんでそう恥じらうような顔をするんだ。

「じゃあ、ごはんと味噌汁頼みましょう。美味《おい》しいですよ。漬け物も」

「笑わないのか」

何故《なぜ》。よく分からんことを言う上司だ。

「奢《おご》って下さるという方を、笑う趣味はありません」

主任という財布がいるんだ。今日はケチケチしないで唐揚げも食うぞ。私は肉と野菜が足りてないんだ。

「うちの会社の給料は安い方じゃないだろう。お前のケチっぷりには呆れる」

「親に仕送りしてるんです」

そう言い切ったところで生ビールがきた。やっほー酒だー！

並べられた刺身とごはんと前菜を挟《はさ》み、問答無用で主任のウーロン茶に乾杯《かんぱい》した。

「ごちそうになりまーす」

「親に仕送りって、どういうことだ」

せっかく話題転換してやろうと思ったのに。ノリの悪い人は嫌いだよ。

「父親が介護中なんです。だから入社した時から続けてます」

いらないと言われた仕送り。でも私は今も続けている。嫌がらせもいいところだ。

「そうか」

それきり主任は自分から話を切って食事に専念した。

さすが俺様主任。ウーロン茶でもお上品です。箸《はし》の使い方がとても綺麗。育ちの良さが駄々《だだ》漏《も》れだ。ここに連れてきて良かった。石川に任せていたらどんなところに連れて行かれたことか。この時間からイタリアンだのフレンチだのはいらないです。白米と味噌汁がいい。

それから私は他人の財布で思う存分飲み食いしたが、石川は何も言わずに全額払ってくれた。太っ腹！

結局彼は一滴《いってき》も酒を飲まず、大丈夫だというのに私をマンションまで送り届けた。

その道すがら話を何とか繋《つな》ぐなかで、石川が下戸《げこ》だという以外に妹がいることまで聞いた。このネタは高く売れるのだろうか。

「井沢」

ようやく帰ってくれようとしていた上司だったのに、未練たらしく私を振り返るものだから、昼休みと違って背中に下戸《げこ》兄貴と書いてやることが出来なかった。

「実家と仲が悪いのか？」

だからどうしてそう直球なんだよ。

「黙秘権行使《もくひけんこうし》します」

答えたくないと言ったのに、自己完結するみたいに黙り込むのもいい加減にしてくれ。悪い予感しかしないから。案《あん》の定《じょう》、石川はひどく真剣な顔で私を見た。

「――初めて言うが、俺はお前を高く買ってる。水田も沖島もそう思ってる」

初めて聞きました。柄にもなく驚いた顔になりましたよ。普段は極力《きょくりょく》顔に出さないから能面《のうめん》です。

ろくなこと考えていないし。

「だから、何があっても辞めるなよ」

だったら仕事を減らしてくれないかな。

でも、秘書課に入って初めてだ。こんなこと言われたの。

「それと、見合いの詳細は明日渡す」

遅刻するなよ、と去っていった上司の背中に鞄《かばん》ぶつけてもいいですかね。

やっぱり鬼は鬼だったようだ。

転職考えようかな。

＊＊＊

(なんでやめなあかんねん)

――あんたのためにならん。

(うるさい。何と言われようとやめへんからな!)

一年前の、母とのやりとりだ。

電話の向こうでは兄が母と何がしか口論していたが、私は最後まで聞かず一方的に連絡を絶《た》った。

ただ、仕送りの振り込みだけは欠かしていない。

仕送りの額は給料の半分にのぼる。

もう半分、四分の一は貯蓄《ちょちく》しているので、家賃を引くと雀《すずめ》の涙ほどになる。

今では家にいることさえ少なくなったから、浮いた光熱費分を幾《いく》らか貯《た》めれば安価なスーツが買えた。着替えには充分だ。

特別な趣味も収集癖《しゅうしゅうへき》もない私には、あとは食費さえあれば良かったのだ。

仕事と食事と睡眠を繰り返す日々。

それが私の日常だった。

(何をしようと、私の勝手や！)


——自分の叫び声で目が覚めた。

久しぶりの寝覚めの悪さにベッドでぼんやりとしていると、スマホが鳴った。土曜の朝っぱらから何の用だ。

昨夜は念願のメイクスタジオの美女達と憎き営業の若造共との合コンだった。

私は幹事としてたちまわり、飲めや歌えやを扇動《せんどう》し、二次会三次会までに無事お姉さまがたにすべての若造共をくれてやることが出来た。週明けの首尾《しゅび》が楽しみだ。

だからかなり酒の量を過ごしたのは自覚している。寝覚めも悪くなるはずだ。

今日もまた社長からの呼び出しかとうんざりしながら、番号を確かめもせず電話に出る。が、聞こえてきたのはいつもの命令口調ではなかった。

『あ、真由美？　ようやく繋《つな》がったわ。携帯電話の電話番号は長いからよう分からんな』

知らない番号から、聞き覚えのある声がする。

『なんやなんも聞こえへんで、和史《かずし》。真由美の携帯に繋《つな》がったんと違うの』

『番号は間違えてへんで。貸してみ』

切ってもいいだろうか。寝覚めの悪さの続きのようだ。ベッドの脇にスマホを放り出していたのが悪いのか。

『おい、真由美！　聞こえてるんやろ！　早よ出んか！』

どうしてスマホから兄の声がするんだ。

「……あの」

『お、ようやく喋《しゃべ》りよったな。久しぶりやな。真由美』

「どうして」

『おかんに代わるで』

ちょっと待て人の話を聞け！

「ちょっと！」

『やっぱり繋《つな》がってるやんか。なんでもっと早く喋《しゃべ》らへんの。やらしい子やわ』

約一年ぶりの母の声だった。

「なんで私の番号知ってんねん！」

『教えてもろてん。えーと、なんて言うたかな。そや、あんたの上司の石川さんに。ええ人やね。

あの人とお見合いしたらええのに。あんた、お見合いするんやろ?』

あの上司め。まさか私の実家に電話をかけるとは何を考えてる。

『あんたもええ年やし、親がわざわざそっちに行かんでええやろ? もう二十七やし、おばちゃんやで』

大きなお世話だ。

『あんた、どんくさいからしっかりした人、婿《むこ》にするんやで。もういっそ石川さんにしたらええのに』

いやいやいやそれこそ大きなお世話だ。

というか電話だけでよくそんなに信用出来たなあの人のこと。

「石川主任のこと何でそないに買っててんねん。電話で話しただけやろ」

『だって声がかっこええやん。押しに弱そうやし御《ぎょ》しやすそうや』

そうやった。おかんはこういう人やった。ごめんなさい石川主任。

「……話はそれだけ?」

見合いの話を聞いてかけてきただけなら、もう話は終わりのはずだ。

しかし母の方は電話の向こうで大きく溜息《ためいき》をついた。

『あんたは考え込むタチやから、きっと勘違いしてると思っててん』

勘違い?

『もう仕送りいらんって言うたんは、和史が面倒みてくれるっていうのもあったけど、もう充分あんたに面倒みてもろたと思ったからや』

ああ、やっぱりそういうこと。

私はもういらないって。

『二十六や二十七になっても結婚せんのやったら、自分の面倒は自分で見なあかんやろ。親が満足に助けてやれんのやから、あんたが自分の面倒しっかり見なあかん。でもあんたはどんくさい』

何でも器用にこなそうとしているのに、どんくさいとはえらく見くびられたものだ。

けれど母はいつもと変わらない口調で、はっきりと言った。

『だから、あんたの彼氏はあかんかった』

はっきりと告げられて、言葉が出なかった。

前の恋人は、確かに両親と会っている。

その時母は何も言わなかった。

あんたがこの人がいいと思うなら、と。

『自分の面倒もよう見られへんあんたに頼るような男が、あんたを幸せに出来るとは思えへんかった。別れて当然や。結婚するんやったらあんたはもっとええ男と結婚し』

「おかん」

『幾《いく》つになってもあんたらは子供で困るわ。もっとしっかりして親に心配かけなさんな。それとな、もっとちゃんと人の話をよう聞きなさい。あんたは短気であかん』

おかんにだけは言われたくない。この人ほど短気な人を私は他に知らない。

どんなに離れても、やっぱり母は私の母なのだ。

「……ごめんな、おかん」

『電話で謝るくらいなら一度こっちに帰っておいで。たまにはゆっくりし』

それから母は繰り返し、無理をするな、休みが取れるならこっちに帰っておいでと言い、電話を切った。

もやもやしていたことがあっさりと終わって、私はまるで頭からバケツの水でも被《かぶ》ったような、無理矢理、暗闇から連れ出されたような気分になる。

うん。そうだった。

言葉を尽くせば尽くすほど、相手の心が分からなくなることが多い。

母と私がまさにそれだ。相手の心は分かっているのに、言葉にすると分からなくなるのだ。

それでも、誤解を解決するのは言葉で。

帰ろう。

久しぶりに香澄も誘って故郷へ。

冷たいとさえ分からなくなるほど冷えていた手足に熱が戻るように、胸の中が温かくなるのを感じた。その変化は自分でも驚くほど唐突で、頑《かたく》なだった自分の心が、いつのまにかほぐれていくようだ。

——無事で良かった。

そう言って心配してくれる人がいる。

そのことを私はすっかり忘れていた。

嫌いになったわけじゃない。相手を大事に思いたい。

けれどそれを素直に言い表すのは難しい。

(あの人、どんな気持ちでうなずいたんだろう)

私の無事を心から願ってくれた金色の獅子は、いったいどんな気持ちで私に会わないとうなずいたんだろう。

元々偶然から始まったことだ。接点もない。

会わないと決めなくてもきっと、もう会えない。

泣いているような声を思い出しそうになって、私は息をついて気分を切り替えた。あの人は私がいてもいなくてもきっと元気にやっている。

とりあえず石川には礼を言わなければならないか。

いやでもあの強面《こわもて》に今更《いまさら》なんて言うんだ。いっそおかんの言うとおり告白でもしてみようか。——あかん。嫌がる顔しか浮かばん。嫌がらせならやってみる価値がありそうだが。

やけにすっきりした気分で、さて朝食でも、とベッドから立ち上がると再びスマホが鳴った。

「はい」

『お前、今どこだ』

噂の石川当人だった。

だめだ。母のせいで声が裏返りそう。

「自宅ですが」

『準備は出来てるんだろうな。今日、見合いだぞ』

しまった、忘れてた。

私は咄嗟《とっさ》に言い繕《つくろ》って、支度《したく》があるからと石川からの電話を切った。

いっそ忘れていたかったが、休み明けの会社で何を言われるか分からない。

慌《あわ》てて私は小さなクローゼットを開けた。ドレスも着物もあろうはずがなかった。

合コンに気を取られていて見合いのことなんか頭の底から抜けていたので、ぶっちゃけ何の装備もない。

正直今日のお見合いには一ミリも期待していないし、一目惚《ひとめぼ》れ信仰も無ければ今すぐ結婚したい願望もない。

だったら格好は適当でいいだろう。

あくまで適当に。

パンツスーツはやめておく。

友達の結婚式に履《は》いていったパンプスがある。

よし、コサージュをつければ何とかなるだろう。

秘書課に入ってから結婚式に参加する機会は無かったが、おしゃれの研究はしてきたつもりだ。

センス任せでも何とかなるだろう。あくまで適当にだが。

朝食をのんびり食べている暇はないので、携帯食と牛乳を流し込んですぐ洗面所に駆《か》け込んだ。

シャワーを浴びたら問題の化粧だ。

幸か不幸か昨日でガーゼを取る許可は出た。かさぶたももう無い。

派手でもなく地味でもなく、近寄り難《がた》い雰囲気が出ないものか。あーだこーだとやって、パールシャドウを乗せたら何となく出来る女風になった。化粧ってやっぱりすごい。

あとは言うことを聞かないふわふわの髪をアイロンで調教して結い上げる。普段つけないバレッタつけてりゃいいだろう。

服は半光沢《はんこうたく》のシャツと白に近いグレーのジャケット。黒に近いグレーのマーメイドスカート。……すみません。葬式用だったこれ。コサージュをつけたら結婚式の参列者みたいになったから、小さなブローチにしておく。学生の時にフリーマーケットで買って以来つけたことなかったやつ。ラインストーンが並んだデザインで、大人びていたので使う機会もなくアクセサリーケースの奥に突っ込まれていたのだ。

取っ手のついたハンドバッグに財布とスマホとハンカチだけ入れて、パンプスを引っ張り出した。高くもなく低くもないヒールの上品なグレーのやつだ。何かの折りにぶわーっとなって買って、あとで領収書を見て青ざめた。値段が普段の靴の十倍だった。結局、履《は》く勇気がないまま、友人の結婚式に持っていって式の間だけ履《は》いた。

(よし、これで何とかなるだろう)

見合い相手の採点次第では、うまいこと行けば向こうから断ってくれるかもしれない。

しかし、慌《あわ》てて準備をしたものの、ここで重大なことに気がついた。

釣り書きすら見てない。

石川に渡されたかもしれないけど、よく見てない。

相手の素性だけは分かっている。何とかグループの御曹司《おんぞうし》だ。

それだけだ。今更《いまさら》気付いた私は、馬鹿か阿呆か。

あと分かっているのは、お見合い会場であるホテルと待ち合わせの時間だけだ。

愕然《がくぜん》としたところでスマホが鳴った。

『五分で降りてこい』

ぶつりと切れた。

石川の主語と丁寧《ていねい》語の無さは時に心にくるものがある。主《おも》に罵倒《ばとう》の方向で。

マジで五分で降りないと怒鳴られる。

私はアスリートもかくやという速さでパンプスをひっかけ、戸締《とじま》りを確認してからエレベーターに飛び乗った。

無事に五分以内にマンションの前まで躍《おど》り出ると、見覚えのない車の窓から見知った顔が覗《のぞ》いていた。

「早く乗れ」

「相変わらず地味ね」

「おはようございます、井沢さん」

何の集団ですか。

「……おはようございます。石川主任、水田先輩、佳苗お嬢様」

もう帰っていいですか。

「送ってやるから早く乗れ」

石川が示したのは助手席。いや遠慮したいんですが、後部座席にはすでに水田と兎姫が乗っている。何なんですか、両手に花ですか石川主任。

内心渋々、助手席に乗り込むと、石川はこちらをちらりと見ただけで車を発車させた。

「どうなさったんですか？」

「今日は水田がお嬢様のお付きだ。俺はその送り迎え。これから馬鹿社長を拾いに行く」

そうですか。社長がどこにいるのか知らないが、交通費が浮くのはありがたい。

たまには役に立つ。この状況が社長の命令だとしても。

「あの」

嫌なことは先に終わらせよう。

さぁ石川に言っておけ。どうして実家に連絡したのか。

だが予想外にもたもたとしていた私よりも石川の方が早かった。

「今日の格好は何だ。オールドミスのつもりか」

言うに事欠《ことか》くとはこのことか。

そのお上品な鼻っ柱《ぱしら》へし折るぞ。

「あら、いつもよりマシよ」

口を挟《はさ》んだのは意外にも水田だった。

というか、初めて格好を誉《ほ》められた。

思わず後ろを振り返ると、にこにことした兎姫と共に水田がふんぞり返っていた。

「いつものリクルートスーツより数倍マシよ」

あー……そういうこと。

「井沢さんはいつも綺麗ですよ」

兎姫には曖昧《あいまい》に笑って礼を言っておいた。

この車は社用ではなく石川の自前なんだそうだ。無難が一番いい。

何だか腹立つ。自前で高級外車かよ。送ってもらったんだから、別に傷を付けようなどとは思わないが。

ホテルに着くと、無愛想《ぶあいそう》ながらも石川が助手席のドアを開けてくれた。こういうところが残念な騎士さまの良いところだ。彼は口こそとんでもなく悪いが、レディーファーストが身についていて、下《した》っ端《ぱ》の私にすらドアを開けて待っていてくれることがある。

助手席のドアをしっかりと閉め、車内の二人に声が聞こえないように小声で石川は切り出した。

「……お前の実家に連絡したのは、俺の独断だ」

そう言って、石川は声を低くする。

「お前が一年も連絡を取ってないとは知らなかった」

そんなこと誰にも言ってないからな。

香澄は薄々気付いていたかもしれないが、まさか石川に話すわけもない。

「お手数をおかけして申し訳ありません。今朝、母から連絡がありました」

パンプスを履《は》いても高い所にある石川の顔を見上げた。

「主任のおかげで久しぶりに母と話せて良かったです。ありがとうございました」

最大限の感謝を込めて微笑《ほほえ》んでみたが、石川は相変わらずの無表情だった。彼は何か言いかけたが、やめるように溜息《ためいき》をつく。

「社長は見合いの失敗成功は問わないと言っていたが、お前のことだ。せいぜい派手に失敗してこい」

そう言い残して、口の悪い騎士はお姫様と女王さまを乗せた自前の馬車へ颯爽《さっそう》と戻っていった。

これだから口の悪い男は大嫌いだ。

マジで実家に帰ろうかな。


見合いといっても、お互い良い年らしいので（相手の年齢すら知らない）、親の付き添いも世話役もいない。仲人《なこうど》も媒酌人《ばいしゃくにん》もいないのはいっそ気軽ではあるが、御曹司《おんぞうし》がそれでいいのか。家業継ぐんじゃないのか。それとも継げないほど馬鹿だから見合いなのか。

会うのはホテルの最上階にあるレストランだ。一度はアフタヌーンティーを楽しみたいと見上げていた小洒落《こじゃれ》た店で、表のメニューには値段すら書いていない。無理。絶対無理。友達を道連れにした冷やかしでも入れない。

案内に出てきたボーイにこの見合いを勧《すす》めてきた主催夫人の名前を告げると、優雅に迎え入れられた。個室はないのでオープンな仕様《しよう》だが、テーブル同士が遠くて隣の会話は聞こえない。

えーと、見合い相手の名前ぐらいは聞いていたはずだ。

シダキョウイチ。

ん？　シダ？

「お連れさまがお見えです」

ボーイに告げられ顔を上げたのは、見知った顔だった。

「よっ」

今日はいつものダークスーツではなく明るい色の綿ジャケットを着たチャラそうなイケメンがチャラい笑顔を張り付けている。高岡物産《たかおかぶっさん》の社長秘書、滋田だった。

とりあえず勧《すす》められるままに席についてみるが、展望デッキかと見まがうほどの全面ガラス張りから見える景色も目に入らなかった。

「……どうしてここに」

ボーイが去ったのを確認してから低く唸ったが、滋田は「んー」と顎《あご》に手を当てただけだった。

「五十点」

「は？」

「その格好。いつものリクルートスーツよりマシだけど、おばさん臭《くさ》い。それとそのジャケットが似合わない」

巨大なお世話だ。

「二十七にして女捨ててるのか？　全く、相変わらずだな」

そっちこそ相変わらずご挨拶《あいさつ》な野郎だ。

「……ええと、まさかとは思いますが、今日のお見合いの相手はご欠席ですか？」

「どうして。ちゃんといるじゃないか。俺が――

頭の奥から頭痛がしてきた。

「シダキョウイチさんは……」

「滋田《しだ》恭一《きょういち》は俺のことだけど。え、まさか俺の名前すら知らなかったわけ。秘書なら人の名前ぐらいちゃんと覚えろって言っただろ」

あんたの名前なんか覚える気すら無かったですよ。

「……気分が悪いので帰っていいですか」

「俺を前にしていい根性してるなぁ」

私の青ざめた顔が分からないのか。

「滋田さんも、遠い親戚の方に頼まれてこの席にいるんですよね？」

私は社長命令ですよ。どうだ、理不尽《りふじん》だろう。

「帰ってもいいけど、俺は断らないぞ」

もっと理不尽《りふじん》なことを言い出したイケメンは、テーブルについた肘《ひじ》に顔を乗せて、だらしなく傾いて私を眺《なが》めた。

「お前、生意気だからなぁ。いっそ俺の女にして言うこと聞かせるのも面白そうだと思って」

さすがイケメン。言うことにいちいち腹が立ちます。最低ですね。

「お前の会社の社長のことだから、形だけだろうがお前を寄越《よこ》すと思ってな。見合いの話を受けた」

お前のせいか。

こんな休日に不愉快な目に遭《あ》ってるのは。

「……滋田さんって一応、グループ会社の御曹司《おんぞうし》なんですよね？　会社継ぐんじゃないんですか」

私の質問に滋田はへらへらと笑う。

「すぐ下の弟が優秀でね。俺よりうまくやるから、大丈夫。俺には金だけあって責任はほとんどないからお買い得《どく》だぞ」

本気で遊び人なんですね。納得しました。

「——お前は、俺のこと好きじゃないだろう」

笑いもしないで見つめられたので、私もその瞳をじっと見た。滋田の、少し淡い色の瞳がまるで眩《まぶ》しいものでも見るように眇《すが》められる。

「俺を愛さないお前なら、俺がいくら浮気して愛人作ろうが嫉妬《しっと》に狂ったりしないだろう？」

滋田は人の感情の激しさを恐れているようだった。恋多き彼ならば、激情は常にそばにあるというのに。

「子供は作っとかないと文句が出るだろうが、それ以外は好きにしていい」

「それって、私と結婚する意味があるんですか？」

それこそ、今いる恋人と結婚すればいいのだ。離婚と結婚を繰り返したとしても、子供は作ろうと思えば作ることが出来る。子供は不幸になるかもしれないが。

「都合《つごう》のいい人なら他にもたくさんいるはずです」

そんな疑問を跳ね返すように滋田はじっと私を見つめて言う。

「俺は井沢がいいと思った」

不毛だ。

しかしこの滋田という男がこれほど率直《そっちょく》だとは思わなかった。彼ならば、私を幸せな嘘で煙《けむ》に巻いて、まんまと結婚し、自分はその浮気生活とやらを上手に楽しむことができただろう。

だから、私もはっきり言うことにした。

「あいにくと、母との約束があるので滋田さんとは結婚したくありません」

「約束？」

「私を幸せにしてくれない人とは結婚するなと言われているんです。お話をうかがっていると、老後と物欲は満たされそうですが、それは自分でも何とかなりそうな条件なのでお断りします」

滋田は顔を上げて姿勢を正した。

そして私をじっと見たまま黙り込んでしまう。

帰っていいですか。

「――お待たせいたしました」

待ち構えていたように、ウェイターが紅茶とアフタヌーンティーを並べてくれた。

きっと時間前に用意していたのに予想外の険悪なムードに出しかねていたのだろう。

紅茶の色が少し濃い気がする。

三段のプレートに並べられた軽食は、さすがと言うべきかどれも美味《おい》しそうだ。

食べていいかな。いいよね。

お金はこの際だから払うよ。ええ。

「お前、食べ物を前にした時だけ笑うよな」

呆れた声を上げた滋田の顔は見ない。だってサーモンサンドとスコーンが私を呼んでいる。

マナーなんて知らないので、まずサンドイッチから手を付けた。

サーモンの甘みとパンに塗られたソースが美味《うま》い。

次はスコーンを食べよう。ジャムとクロテッドクリーム、ホイップまで添えられている。豪華だ。

「そういや、お前。初めて会った時も食べてばっかりだったよな」

滋田と初めて会ったのは、どこかのパーティーの待合所だ。

例のごとく社長が兎姫を連れ出すとごねたので、暇だった私がお供《とも》に抜擢《ばってき》されたのだ。思えばこの頃からだった。兎姫のお世話を仰せつかることが多くなったのは。

まだ秘書に成り立てだった私には、見るもの全部が珍しかった。だが他の秘書やら付き人達の会話に入れるわけもなく、一人で紅茶や軽食をつまみ食いしていた。

そんな私に声をかけてきたのが滋田だった。

持ち前の軽い口調で近づいてきたかと思えば、一言。

――どこの新入社員かと思った。そのスーツは罰ゲームか。

その時持っていたシュークリームを投げつけなかったのは、ひとえに母の教育のたまものだ。食べ物を粗末《そまつ》にしたら、大抵鉄拳制裁《たいていてっけんせいさい》だった。

それに悲しいかな、その頃から私は、石川達のおかげで罵倒《ばとう》や揶揄《やゆ》に慣れていた。

「そのスーツは罰ゲームかと言われましたね」

サンドイッチを食べながら思い出の一言を漏《も》らすと、滋田は「そうだったな」と笑った。

「失礼なことを言ったのは覚えてる。でもお前もたいがいだったぞ」

確かに私も言い返した。

私は、滋田に「どこのホストクラブからの出張ですか」と聞いたのだ。

当時の私には心臓に毛が生えていたに違いない。ただ単に荒《すさ》んでいただけかもしれないが。

地獄だったあの頃。食べることだけが救いで、三キロ太った。その後の激務で三キロ痩《や》せたのは良い思い出です。

「――だから、お前が好きなんだ」

紅茶を噴《ふ》き出すところだった。

「笑えないジョークなんですが」

「こんなことジョークで言うか。お前が好きだ。結婚してくれ」

さっき自分で未来像を並べ立てていたくせに、よくもまぁいけしゃあしゃあと言えるものだ。

「お断りします。今更嘘なんか要りません」

「誰がお前を好きじゃないと言ったんだ。俺だって恋愛結婚願望ぐらいある」

それは驚きだ。

人を子供産む機械みたいに言ったくせに。

「お前が俺を愛さないと言ったんだ。別に俺がお前を好きじゃないとは言ってない」

何の反語《はんご》ですか、ややこしい。

「浮気前提で結婚しろと？　ふざけないで下さい」

「じゃあお前が俺を好きになれ。だったら俺が外に愛人作らなくても良くなる」

「冗談きついです」

「本気だ」

なお悪い。何だ、今日も厄日《やくび》か。

「おおかた、石川に今日の見合いは失敗してこいって言われたんだろ」

あんたもエスパーなのか。

「石川主任とお知り合いなんですか？」

「石川も植村社長サマも、大学の後輩なんだよ」

世間《せけん》狭すぎて息が苦しいですよ。

「今日は石川に怒られただろ」

「いつも怒られていますが」

「そうじゃない」と滋田は嫌な顔で笑った。

「あいつはお前を気に入ってるようだから心配して怒ったんだろう。お前を取ったら、石川の鉄面《てつめん》皮《ぴ》がどんな顔で怒るか見物《みもの》だな」

何だそれは。

「結婚する前に、身体の相性確かめるのもいいな。やってみるか？」

あー、うん。

分かりました、主任。

失敗しますよ。ええ。

「ワァ、手が滑《すべ》ったー」

紅茶の入ったカップを、滋田めがけてひっくり返した。

バシャ！

「うわ！」

うまい具合にひっくり返り、カップの中身は見事に滋田の顔へとかかった。

冷めてるから感謝しろ。

「すみませーん。私ったらどうしましょー」

「井沢、てめぇ」

睨《にら》んでくる滋田を後目《しりめ》に、私はクロテッドクリームをたっぷり乗せたスコーンを手早く食べて席を立った。

「不作法者《ぶさほうもの》の私では滋田さんの妻は務まりませんね。お断りします」

「待て、俺は」

「黙れ、ホスト崩れ」

滋田と一緒に慌《あわ》てた様子で駆《か》け寄ってきたウェイターも固まってしまった。あー、もうここのスコーンは食べられない。美味《おい》しかったのに。

「黙って聞いてたら好きなことばっかりぬかしおって、何考えてんねん。ああ、何も考えてへんねんな。お坊ちゃんやもんな。下級な女には何言ってもええと思ってるんやな。よう分かったわ」

「あの、井沢」

「二度と顔見せんな」

ついでに会計もそちら持ちでお願いします。

あっけに取られた滋田の顔は見物《みもの》だったが、指をさして笑うわけにもいかない。

結婚願望は薄いけど、そもそも男運がないのかもしれない。

腫《は》れものに触るように道をあけられ、店内を歩いていたら腕を掴《つか》まれた。

滋田か。

振り払おうと威嚇《いかく》するように見上げたら、忘れていたブロンドが揺れていた。

「久しぶり」

甘いような響きもある声が聞こえる。

「一緒に来てもらうよ」

やはり私は男運が無いらしい。

「井沢！」

今度こそ滋田だ。

紅茶で濡《ぬ》れた髪をかき上げながら、こちらに駆《か》け寄ってくる。

「そいつをどうする気だ」

「連れていくだけだよ」

唸《うな》るような滋田の声にも、金髪はいつものように微笑《ほほえ》んだだけだった。

今日もラフな格好だ。Ｔシャツにシャツを羽織《はお》っただけ。ジーンズの足には辛《かろ》うじて革靴のようなものを履《は》いているけど、カジュアルなデザインだ。滋田の隙のないコーディネートにとうてい敵《かな》うはずもないのに、金持ち臭《くさ》いせいか貴公子に見える。相変わらず腹の立つセレブだ。

滋田も御曹司《おんぞうし》の端《はし》くれ。金髪のただならぬ雰囲気を察してか、姿勢を正して睨《にら》みつける。

「今日は俺が先約でね。放してもらおうか。そいつとはまだ話がある」

「そうなの？」

金髪が滋田に尋ねないで私に聞いてくる。

こっちに振るな。そういうところは嫌いだよ。

「滋田さんと話すことはもうありません」

金髪が腕を放さないので渋々滋田に答えると、彼はこちらを睨《にら》んでくる。

「紅茶ぶっかけといて逃げる気か」

「手が滑《すべ》っただけです」

「時々お前、下ネタダメだよな。もしかして処女……」

「真昼のレストランで恥ずかしい人ですね」

「やっぱりそう……」

誰か滋田の口を縫《ぬ》いつけてくれ。

不愉快が最高潮になったところで、何故《なぜ》か金髪が今度は両腕を掴《つか》んできた。

「何ですか！」

「まだ乙女って本当？」

こいつもアホか。

私は無言でパンプスのヒールを金髪のつま先に突き立てた。

「痛っ！」

怯《ひる》んだ隙に両腕を振り払う。

「今度見かけたら痴漢《ちかん》として警察に通報しますから。そのおつもりで」

滋田と金髪に言い残してレストランを出る。

おかんの言うとおりや。

人間、何でも一人で出来なあかん。

誰かに心を少しでも許せば、あっという間に付け入られて食われてしまう。

それが世の中だったのだ。

それなのに、後ろから走り寄ってきた金髪に手をあっさり掴《つか》まれ、そのまま一緒に走らされた。

「ちょっと、放して！」

「だめ。少し我慢してて」

ブロンドが無遠慮《ぶえんりょ》にホテルの廊下を疾走《しっそう》する。

私も彼の風に巻き込まれるようにして、気がつけばエレベーターに放り込まれていた。バランスがとれずエレベーターの壁に顔を打ちそうになった。

パンプスなんだぞ、こちとら！

金髪頭を睨《にら》んだ時にはすでに時遅し。

エレベーターは降下を始めている。

「急いでるんだ。乱暴でごめん」

振り返る金髪は私と違って軽く息を整えただけだ。私はまだ肩で息をしていますとも。

「……もう、会わないって」

息も切れ切れに金髪を睨《にら》み続けるが、彼は軽く微笑《ほほえ》んだ。

「うん、ごめん。でも君が誘拐《ゆうかい》されそうって情報が入って」

は？

「だから僕が先に君を誘拐《ゆうかい》することにしたんだ」

世の中って……あー……どうなってるんだろう。

「君のところの社長さんは口を噤《つぐ》んでくれたみたいなんだけど、それとは別の筋から僕の情報が漏《も》れたみたいなんだ。君が僕の恋人だっていうことも」

「はぁ⁉」

「だよね。僕の片思い中だっていうのに」

聞き流せない言葉があったが、ここは無視しよう。

「あなたってワールドワイドなお尋ね者なんですよね⁉　私いったいどうしたら……」

「あれ、僕のこと調べたの？」

「社長から聞きました！　何やってんですか、いい年こいて！　呆れて物も言えませんよ！」

「君がお喋《しゃべ》りを止めるのは食べる時だけだと思うけど」

人を小さな子供みたいに言うな。

「――大丈夫だよ」

長身が近づいてきて、不意にここが二人っきりの箱の中だということを思い出した。私さっき何したよ。足踏んでなかったか。

「今日一日、僕に身柄を預けてくれれば君の無事を保証する」

どうして誘拐《ゆうかい》を理由に誘拐《ゆうかい》されなくちゃならんのだ。

「……ガーゼ取れたんだね」

金髪は、いつかみたいに触れてはこなかった。

さっきは乱暴に腕を掴《つか》んだくせに、まるで頬に触れれば壊れるかのような顔をする。

そんなことをされると強くは言えなくなって、私はぼそぼそと言い返す。

「……昨日、やっとお許しが出たんです」

「そっか。良かった」

自分のことのように嬉しそうに笑うのは止めてほしい。

金髪の猛獣《もうじゅう》が大型犬に見えてしまう。この錯覚はいけない。

エレベーターは急降下を続け、数分のうちに地下二階へと私と金髪を連れてきた。

地下二階は駐車場らしい。高級車ばかり嫌味《いやみ》に停《と》まっている。

金髪は辺りを見回してから、私の手を無理矢理繋《つな》いで走り出す。

でも、走り出した途端《とたん》に地下に大勢の足音が鳴り響いた。

「止まれ！」

――パン！

えええええおいおいおいおいおい！

パスパスと存外気の抜けるような音だが、駐車場の車の隙間《すきま》から現れた黒スーツ達がこちらに向けているのは明らかに拳銃《けんじゅう》。オモチャだと言ってくれ。

どこぞの兎姫のように「わぁ、映画みたい」などと言っていられない。妙齢《みょうれい》の女性になったが泣きそうだ。もう半ベソです。

「おいで！」

壁際《かべぎわ》で頭を抱えていた私は、金髪の声に引っ張られるように走ったが、金髪が何かに気付いて私を自分の背中へ隠す。

金髪の肩越しに見えたのは、警棒《けいぼう》とスタンガンを持った男だった。男は金髪を確認すると警棒《けいぼう》を突き出してくる。

背中に隠された私にも警棒《けいぼう》の先が見えたが、金髪は突き出された男の腕を折るように掴《つか》む。その金髪に男はすかさずスタンガンを構えて迫った。

電流の凶器は金髪のすぐ顔の脇を走り抜ける。それでも金髪は怯《ひる》まない。

金髪が男の腹にその長い足を打ち込むと、男は不意打ちにたたらを踏む。そんな男を金髪は逃がさない。いつの間に男の手から抜き取ったのか、スタンガンを男の首へとねじ込んだ。

——バチ！

ひどい音だと思った。男の身体がびくびくと震えて地面に倒れる。男の顔は見られなかった。——いや、見たくなかった。その男を足元に放ったままゆっくりと私を振り返る金髪の、どこか傷ついたような顔も。

私の世界で人が突然襲われることはない。

けれど、この金髪は私の世界の外にいる。

頭では分かっていたつもりだ。それが本当に「つもり」だったことを、見せつけられた気分だった。

私の後ろではひっきりなしに銃声が聞こえる。

（怖い）

足が竦《すく》んでいた。倒れた男は手加減なんてしていなかった。金髪を捕まえるというのは、本当に多少のケガも厭《いと》わない、荒事《あらごと》の範疇《はんちゅう》なのだ。

言い訳も理屈も通じない暴力の世界に、金髪は平気で立っている。

そのことが、どうしようもなく怖かった。

「――真由美」

静かに呼びかけた金髪はスタンガンを持ったままだ。思わず後ずさりそうになったが、金髪は近付いてくる。

「もう少しだけ我慢して」

猛獣《もうじゅう》が柔らかく微笑《ほほえ》んだかと思うと、足の竦《すく》んだ私の手を取る。放してとも言えなかった。

「ボス」

白い手にグローブをはめたプラチナブロンドの美女がダークスーツ姿で、私と金髪の隣に並んだ。いつかの私を助けてくれた特殊部隊の美人だ。

彼女は涼しい顔で私に微笑《ほほえ》んで、金髪からスタンガンを受け取った。

「大丈夫です。ミス」

そう言って走っていく。銃声の響く方へ。

何してんの！　そのまま弾幕《だんまく》の中走って行っちゃったよ！

「行くよ」

金髪は私を連れて柱の陰まで下がり、彼が「リック」と呼ぶと、背後で車のロックが外れる音がした。

そのまま車に押し込まれると、車は急発進していく。

「あの人がまだ残って……！」

「ああ、フィンのこと？」

座席の下から四角い、四六判の本ぐらいの箱を取り出しながら金髪は肩を竦《すく》めた。

「あのお姉さんのことなら大丈夫。むしろ僕達が早く逃げないと彼女達が撤退出来ない」

壮絶《そうぜつ》だ。

これがただ息子を連れ戻そうとしている親のすることか。

「ただ、ここで襲撃されるとは思ってなかったよ。——どういうことだ、リック」

金髪に呼びかけられた執事は運転しながら何かを懐《ふところ》に収めている。……え、何それオモチャじゃないの。引き金が見えるとか止めてよ。ここはハリウッドじゃないよ。

「あなたがもたもたしているからですよ。時間はないと申し上げたでしょう」

答えながら車を運転している陰険《いんけん》執事は、当然のように猛スピードでホテルの駐車場を脱出した。舌を噛《か》まないようにするのがやっとの私とは違って、執事も金髪も涼しい顔だ。

何キロ出して走ってんだ。法定速度どころじゃない。国産車がぐんぐん追い抜かれている。

陰険《いんけん》執事は舌を噛《か》む様子もなく肩を竦《すく》めた。

「あそこは塚谷系列のホテルだったんですから、通報されるのはどこより早いに決まっています」

執事の答えに金髪も「なるほど」と苦笑いする。

「それであんなに遠慮なく撃《う》ってきたのか。後処理が出来るからって、いつもながらやることが荒い」

本当に、どんだけ修羅場《しゅうば》なんだ、お宅！

「さて。どこに行こうかな。どこに行きたい？　真由美」

喋《しゃべ》れるか！

半ベソの私に苦笑しながら、金髪は私の目元にハンカチを当ててくれた。

彼は「ごめんごめん」と言いながら、執事にスピードを落とすように言う。

ようやく他の車に混じって走り出した車のスピードにほっとして溜息《ためいき》をついた。あー幸せが逃げる。

「これからちょっと僕に付き合ってもらうけど、真由美はどこに行きたい？」

金髪のにこやかな顔を殴りたくなるのでそっぽを向く。

「……どこでも。隠れた方がいいんじゃないですか？」

「それじゃあ、僕がつまらないよ」

知るか。

「誘拐《ゆうかい》しておいて、行き先を決めさせるなんて聞いたことがありません」

「じゃあ、僕の行きたいところでいいの？　今日の服も素敵だし君はいつも綺麗だけど、今日の僕はもっと君を思い切り着飾りたい気分なんだよ。お洒落《しゃれ》してディナーでもどう？」

「死んでも嫌です」

私をのほほん兎姫と同じように扱うというのか。馬鹿な。下着まで選ばれるとかどんな拷問《ごうもん》だ。辱《はずかし》めにも等しいぞ。

切実《せつじつ》に家に帰りたいが、こいつら二人を連れて行って、また銃撃戦に巻き込まれるわけにはいかない。

もう何なの。

ろくなことが無さ過ぎる。

一年前、私が秘書になってから。

訳《わけ》の分からない人事だったが、仕事だからと必死で働いてきたのに。

その結果がこれだなんて、どういう不公平なんだろう。

今更《いまさら》、努力と結果が等分になるなんて思っていない。そんなのは夢物語だ。

それでも、辛《つら》い時はどうしようもなく辛《つら》い。

あ、どうしよう。目の前が滲《にじ》んでる。涙が。

「真由美」

額《ひたい》に柔らかな熱が押しつけられた。

「お腹《なか》が空いたね。僕の店に行こう」

頭の上に囁《ささや》かれる声が優しく降ってくるようで、我慢していたはずの涙が零《こぼ》れた。泣くな、泣くな！

「とっておきのワインも出すよ。シェフがね、君からもらったソースを気に入ったみたいで、研究してるんだ。だから、この前のお好み焼きの礼にぜひご馳走《ちそう》するってうるさいんだよ」

あのソースが気に入ったなら良かった。

お好み焼きが美味《うま》い店を教えてあげるよ。

ついでにたこ焼きにも挑戦するがいい。

「……でも、お店に行っても、また来るんじゃ……」

しまった、声が鼻声だ。

案《あん》の定《じょう》、頭の上の声はくすくすと笑った。

「大丈夫。あの店の周囲二キロ圏内《けんない》だけは中立地帯なんだよ」

その他は、交戦地帯ということか。

凄絶《せいぜつ》過ぎて思わず顔を上げたら、やっぱり金髪が笑った。「どうぞ」とハンカチを差し出されたので遠慮なく鼻をかんだ。

「あのレストランの原型は僕の両親の思い出の店でね。父が初めて作った店なんだ。最初は母も一緒に切り盛りしていたらしいよ。元はフランスにあったんだけど、父の夢が母の故郷の日本にいつか店を出すことだったらしくて」

それは叶わなかったんだけど、と添えた金髪は少しだけ黒目を伏せた。

「だから僕が継いだんだ。あの店の名前とレシピを。僕の思い出の料理を再現出来るシェフと、お客様を満足させられる信頼出来るスタッフを集めて、フランスにあった店の外観と近い洋館を選んだ。……両親は僕の事業が全部気に入らないみたいだけど、この店だけは喜んでくれたよ」

物事の正否《せいひ》ではなく、好悪《こうお》で区別されたものほど判断が曖昧《あいまい》で、理解しがたいのだ。

それに、親から否定されることほど子供に絶望を与えるものはない。

金髪が迷い子のように見えた。

親子という関係から手を離されて利害だけを与えられ、どれも取れずにさまようような。

境遇はまるで違うが、私もそうだった。

母と話がしたくても、色々なものが邪魔をして今朝まで出来なかった。

一度の電話で完全に納得したわけじゃない。母と私のあいだに横たわるわだかまりは時間と努力で少しずつ解決していくしかないのだ。

「……真由美？」

猛獣《もうじゅう》の頭を撫《な》でるなんてことは出来ないから、近くにあった手を握った。

ああ、もう顔を覗《のぞ》き込むなよ。

取り上げた大きな手の甲に額《ひたい》を押しつけて、顔を見られなくした。

驚くように息を呑んだ気配がした。

――あんな顔をさせるつもりじゃなかった。

確かに暴力の世界に立つこの人は怖い。けれど傷つけたいわけじゃない。

何も言葉に出来ない私の頭を、大きな手が撫《な》でてくる。

「……真由美は熱烈だなぁ」

熱烈とか言うな。

「僕の代わりに泣かなくていいんだよ」

金髪のためなんかじゃない。

私は、私が悲しくなったから泣いただけ。

「あ、僕のために泣いてくれるっていうなら、早くキスしなくちゃいけないね」

何なんだよその論法は！

バッと手を振り払うと、待ち構えていたらしい金髪がハンカチを取り上げて私の顔を拭《ぬぐ》う。おいおい、私は小さい子じゃないよ！

「やめて」

「大人しくしてよ。痛くしないから」

「ん、そういう問題じゃ……ちょっと！」

「気持ち良くなりたくないの？」

確かに鼻水は気持ち悪いが、子供みたいに顔を拭《ぬぐ》われる筋合《すじあ》いはない！

「――全く。会話は卑猥《ひわい》なのに色気のない現実ですね」

呆れるように言う執事には、鼻水だらけのハンカチを丸めて投げつけてやった。


レストランに着くと、私はまずシェフに歓迎された。

大柄な彼がわざわざ厨房《ちゅうぼう》から出てきて、私の肩を叩いて喜んだ。

「やぁ、待ってたぞ！　今日は俺の料理を腹一杯食べていけ！」

ちょうど昼時だったんで、他にお客さんがいるからかなり恥ずかしいんだが。

ぐしゃぐしゃになった化粧は仕方ないので、化粧室で顔を洗い流した。スッピンでフレンチとか、何の恥さらしだよ。

だから、いつかの個室に案内されてほっとした。あの夜には分からなかったが、小さな花が植えてある花壇《かだん》の庭が窓から見えて綺麗だ。

この部屋はプライベートルームなんだそうで、顧客の要望に答えて貸すこともあるらしいが大抵《たいてい》はオーナーである金髪の隠れ部屋らしい。

どうりで部屋の隅《すみ》にハンモックなんか吊《つ》るしてあると思った。私が来た時には外してあったらしい。

「ここの家具は全部リックが揃《そろ》えたよ。僕が持ってきたのはハンモックだけだったから」

あー……。そんな感じする。

ハンモック以外の調度品《ちょうどひん》はシンプルな作りながら重厚な雰囲気のアンティークばかりだ。

そばで控えていた執事を見遣《みや》ると、彼は珍しく溜息《ためいき》をついた。

「頓着《とんちゃく》のない主《あるじ》を持つと、執事は余計なことまで気を回す羽目《はめ》になるのですよ」

頓着《とんちゃく》のあり過ぎる雇用主も面倒だけどな。ウチの社長とか。

金髪とアンティークのテーブルに向かい合わせで席につかされて出てきたのは、シェフ御自慢のフルコース。鴨がね。もう蕩《とろ》けるみたいで美味《おい》しかったです。赤のスパークリングワインが出てきた時には歓声上げてしまった。すみません。

食べている最中、さっきのホテルのレストランでスコーンを食べ損ねたと話していたら、デザートはアフタヌーンティーが出てきた。ここは三段でなく二段プレートで、主《おも》にケーキとスコーンが乗っている。

「リックが焼いたな」

ちょっと嬉しそうに金髪が言う。食べてみると大変美味《おい》しい。おお、マジか。陰険《いんけん》執事が作ったとは思えないほどだ。

「リチャードは生粋《きっすい》のイギリス育ちだからね」

金髪が子供のように自慢すると、紅茶の給仕をしていた執事は当然のごとくうなずいた。

「祖母から厳しく仕込まれたもので。大抵《たいてい》の菓子類は作れますよ」

わぁ、なんかセレブっぽい！

「私なんかお好み焼きしか伝授されてませんよ」

「我が家は特別です。家族の皆が甘いもの好きなので、作れないと死活問題なのですよ」

執事がにこやかに付け足したが、金髪は嘆息する。

「だからって、ラム酒で氷砂糖食べるのは止めろ」

何だその組み合わせ。糖尿病で死にたいのか。

人は見かけによらないものだ。

機会があるなら、金平糖《こんぺいとう》でも進呈してやろうか。陰険執事に喜ばれそうなのでシャクではあるが、氷砂糖を食べるのは止めてくれるかもしれない。

デザートまで食べ終わったら、金髪が紅茶を飲んで微笑《ほほえ》んだ。

「真由美のご機嫌を取るなら、食事か金品だね」

「人を強欲みたいに言わないで下さい」

まるでどこかの悪党のようだ。

「君が食事とお金で手に入れば苦労しないな」

金髪はそう笑って、カップをソーサーに置く。

「今日は付き合ってくれてありがとう。ようやくディナーに誘うことが出来て良かった」

確かにランチじゃなかったな。メニューがディナーだった。

「ご馳走《ちそう》様でした」

何だか、話したいことがたくさんあったような気がする。

喉《のど》まで出かかっているのに、黒い瞳を見ていたらそれを見つめることしか出来なくなった。

ああ、話したい。もっと話したいのに。

「日本にいてこんなに楽しかったのは、サッカーをやってた頃以来だよ」

金髪は黒い瞳を細めて笑う。

「日本でサッカーを？」

「そう。十七歳までね」

会話が。

「プロを目指してた頃の？」

会話が思い浮かばない。

「僕は十七でサッカーを止めるように言われていたから。どのみちプロにはなれないって分かっていたんだよ」

どうしてそう微笑《ほほえ》むの。

夢を諦《あきら》めた顔で。

「――ありがとう、真由美。君に会えて良かった」

そう。

そうか。

「僕はそろそろ日本を発《た》つ。日にちは言わないよ。仕事以外で長く同じ国に滞在すると、面倒事が起きるし、僕に関わるとお客様でも危ないからね。だけど、君の安全は必ず保証する」

確か彼は世界中に捜索《そうさく》願いを出されたお尋ね者だ。私は少しこの人に関わりすぎた。

「安全を保証するって……」

「君のことがこれ以上知られないようにする。だから僕が日本でどうやって君と知り合ったのかは、僕と君だけの秘密」

あの夜、コンビニの前でこの人に出会った。それは誰にも言っていない。

私が金髪や執事について知っているのは、今でもわずかなことだけだ。きっとそれは彼らの意図したことだろう。知らなければ答えようがない。

何か、何か他に言ってやれ。

くだらないことでいい。

もっと、何か。

「……お元気で」

小さな、蚊《か》の鳴くような声しか出なかった。

頭の中がぐちゃぐちゃだ。

今日だって最悪だった。見合い相手は馬鹿だし、誘拐《ゆうかい》されて銃撃戦まで見てしまったし。

「――ごめん、真由美」

柔らかな声が初めて怖いと思った。

大きくもない声に肩を揺すられて、顔を上げると黒い目がこちらを見つめている。

「僕は、やっぱり君が好きだ」

息が、喉《のど》の奥で止まった。

それは一瞬のことだったかもしれないが、胸の鼓動《こどう》が酸素を求めるように速くなった。

滋田に言われた時には、まるで冗談にしか聞こえなかった言葉なのに。

「僕に好かれたところで、君には迷惑でしかないかもしれない。それでも、僕は真由美が好きだよ」

私は、綺麗でもないし、優しくもない。何か特技があるわけでもない。

いつも自分のことで精一杯で。

誰かの助けになれるわけでもないのに。

「僕は、君のそばにいるとちゃんと人間でいられる気がするんだ。いい加減で、どうしようもない感情に振り回されているような」

そう、彼は静かに言う。

この人は甘いだけの人じゃない。私の知らない顔をきっと幾《いく》つも持っている。けれど、サッカー選手になりたかったと言った少年が彼の中で笑っているなら、それを私は確かに見つけた。そして彼も、小さくうずくまって泣きたい弱い私を見つけた。

「僕は救われたんだよ、君に」

敬虔《けいけん》な祈りを捧げる信者のような顔で呟《つぶや》き、彼は静かに私を見つめていた。

そんな立派なこころざしも慈愛も、私は持ち合わせていないよ。

「こんなことを言うと頭がおかしくなったと思われるかもしれないけれど、僕にとって、君は女神で宝物だよ。何を差し置いても守りたかったけど、いつも十分じゃなかったね」

静かにこぼすように言って、「大人しく守られてもくれないしね」と彼は自嘲気味に笑った。

助けてくれとは誰も言っていない。

でも、誰かに助けて欲しかった。

私が助けを求めて伸ばした手を、誰かにしっかりと握って欲しかった。

「君は見た目と違ってちっとも大人しくないし、僕になびこうともしないし、怒れば怖いし、でも笑うと可愛いから、君が泣くと抱きしめたくなるよ。怖がりのくせに強がるから、どんなにハラハラしたことか」

ほとんど一息に言って、黒い瞳が私を映して微笑《ほほえ》んだ。

「君は世界一厄介《やっかい》で可愛いお姫様だよ。僕がこんなに振り回されているのに、気付いてないでしょ？」

頭に花でも咲いているのかと思いたくなるような台詞《せりふ》だというのに、求めていた救いの手に無理矢理引っ張り上げられるような心地がした。まさか。いやそんな馬鹿な。

探し求めた救いの手が、この金髪だとでもいうのか。

「――だから、僕は君に意地悪をしていこうと思う」

端整《たんせい》な顔がにやりと歪《ゆが》んだ。

「また会えた時、君が僕を覚えていたら、一緒に連れて行く」

——今、嫌なことを聞いた気がする。

「……なんやて？」

「あ、関西弁」

「いや、さっき何を」

「また君に会えた時に、君が僕を忘れていなかったら、問答無用で連れていくって言った」

「はぁ⁉　何考えてんねん」

「君が好きだってことしか考えてないけど」

「アホか！」

真剣に何か考えた私がアホやった。

「ああ、そうだ。真由美。うんざりしたら、あの会社辞めた方がいいよ。僕の情報が漏《も》れたのは、どうもあのお姫様かららしいんだ。彼女が友達に喋《しゃべ》ったんだってさ。君が僕の恋人だって」

「はぁ⁉　社長もあなたのことは口を噤《つぐ》むと言ったんですよ⁉」

「だからだよ。機密事項も守れないような口の軽い恋人がいるってだけで、危ないだろう？」

あの兎姫の辞書には機密という言葉があるのだろうか。

（いや、無いな）

きっとふわっと喋《しゃべ》ってしまったのだ。あの見た目のように。友達を疑いもしないで。

金髪の言うことがすべて本当だとは限らない。真実は確かめようもないが、実際私は誘拐《ゆうかい》されている。

頭の痛い現実だが、それもこれも目の前でにこにこ笑っているこの男のせいだ。

「──わが社の体制に問題があることは認めますが、元はと言えば全部あなたのせいでしょう」

こいつがいなければ私は誘拐《ゆうかい》されることもなかった。

金髪を睨《にら》んで宣言する。

「もう金輪際《こんりんざい》、絶対関わらへんからな！　この金髪が！」

──数日後、アメリカからレオという男の名前で絵葉書がきた。けれど、それ以来連絡はなく、あいつは私の前からぱったりと姿を消した。

＊＊＊

金髪がいなくなってから私は一度だけ実家に帰った。

あいにく香澄の都合《つごう》がつかなくて、一人で久しぶりの帰郷となった。

実家に帰るのは社会人になって最初の年以来だ。

週末の金曜日の夜に出発し、ありがちな都会土産《みやげ》をたくさん買って帰った。兄も、母も、兄嫁も、少し大きくなった姪も甥も歓迎してくれて、私は二日だけの滞在を楽しんだ。

特に兄嫁は、私が実家に帰らないことを気に病《や》んでいたらしく「いつでも帰ってきていい」と繰り返した。彼女は一人っ子だったので、妹が出来て嬉しかったのだと話してくれた。

すでに母以外の人を認識出来ない父だったが、帰る日に私が顔を見せたら目をぱちぱちさせた。

「帰ったんか。真由美」

そう言って笑った。

私の里帰りを、父も喜んでくれていたのだ。

帰りの電車で少しだけ泣いた。


私の周囲は面倒事で溢《あふ》れている。

けれど、私が思うよりも少しだけ世界は広い。

好き勝手に私を振り回して勝手に消えたあいつのように自由で、奔放《ほんぽう》で、きっとちょっとだけ優しく出来ている。

4

部屋にノックが響き、返事をすると花婿《はなむこ》自《みずか》らドアを開けて入り込んできた。

一八〇センチの堂々たる体躯《たいく》に今日は黒のモーニングを着ている。いつもは厳しい端整《たんせい》な顔には甘い笑みが綻《ほころ》んでいた。

「綺麗だ。——佳苗」

「ありがとう。湊さんも素敵」

そうです。本日めでたく兎姫と社長の結婚式です。

社長、兎姫の剥《む》き出しの肩を撫《な》で回しても私は部屋から出ませんよ。あんた何するか分かんないからね。

社長が兎姫を誉《ほ》める美辞麗句《びじれいく》は多様だが、今日の彼女は確かに綺麗だ。

真っ白なレースを幾重《いくえ》にも重ねたウェディングドレスは彼女を最高の姫にしていた。

手にした白バラと同じようにふんわりと微笑《ほほえ》む姿は、世界中の幸せを一身に得《え》たようにも見える。

どうしてこんな良き日に私がいるかって？

そりゃー秘書ですから。上司の結婚式には出ないといけない縦社会ですから。

タテマエです。すみません。

秘書課からも誰か行けよってことになって私が押しつけられただけです。何着て行きゃいいのか分からんもんだから、いつものパンツスーツですよ私。さらに、今日は秘書筆頭の石川が友人枠でご出席されてるので、水田と沖島に仕事のシワ寄せがいっています。

しかし来たはいいが、結婚式のスタッフもパンツスーツだから、人に引き留められるし道を聞かれる。トイレの場所何回聞かれたよ。挙句《あげく》の果てには「ちょっと」と呼ばれたかと思えば、兎姫の控え室の見張りを任されました。

分かった。あの兎姫、私の鬼門《きもん》なんだな。

お姫様の親族さまがまだ準備中なもんで、私が見張りを仰せつかったという次第で。

さっさと会場に戻りたい。

ご親族と一部のご友人だけで教会で宣誓《せんせい》したらガーデンパーティーになる。

私が出席するのはガーデンパーティーだけです。ええ。知り合いなんざおりませんとも。

社長と姫のラブラブなやりとりから、いつものようにぼんやり目を背《そむ》けていたら、両家親族さん方がガヤガヤと戻ってきた。よっしゃー、ようやく高い酒が飲める。

しかし、出ていこうとした私に、社長が告げてきた。

「パーティーのあと、このまま新婚旅行に行くから、空港まで荷物を運び込んでくれ」

えええええええ。

確かにここにいるはずの石川は、今日は社長の友人として来ているけど。

ガーデンパーティーには各界の著名人も招かれている手前、外部の人間は防犯上入れずに社長ん家の使用人がフル活用されている。他人事ながら今も忙しそうだった。

手近で一番暇そうなのが、私というわけだ。

主役の二人はオープンカーに乗って空港まで行って、空港で私服に着替えたあとすぐにヨーロッパ旅行だってさ。だから、大荷物を抱えてオープンカーは乗れない。

「すみません、井沢さん」

兎姫が申し訳なさそうに謝ってきても、今日という今日は心がほぐれません。

荷物を運べということは、空港まで私が車を運転して運ぶということだ。タクシー呼んでもいいけど荷物の手配諸々するなら自分でやった方が早い。

私の酒がぁ。酒が飲めないー。

私は嫌と言うほどの恨み事を腹いっぱいに呑み込んでにっこりと笑ってやった。

「分かりました。では後ほど」

親族の邪魔になるからと部屋を出た私はパーティー会場を目指して歩き出す。せめて高い食事をたらふく食べるためと、石川を探すためだ。

せめて石川に休日手当がつかないか交渉してみよう。

酒の恨みは深いんだ。

しかし、今日で社長と姫のお守《も》りから解放されると思うとせいせいする。

お二人が結婚するまでもすったもんだがありましてね。

なんか兎姫に横恋慕する大富豪が現れたり、社長の実家の反対に遭《あ》ったり、兎姫の生き別れのお父さんが実は名門の家の出だったり。……思い出すだけでもドッと疲れます。

問題が起こるたび、私は業務を押しつけられたり、その問題の渦中《かちゅう》に社長を迎えに行ったり、姫を迎えに行ったり。

面倒だから割愛《かつあい》します。もう思い出したくもありません。とにかく始終二人はラブラブだったとだけお伝えしておきます。面倒な顛末《てんまつ》をほぼ間近で見ていましたよ。

もうね、秘書の仕事じゃないよね？　ラブロマンスは余所《よそ》でやってくれ。本当に迷惑だし面倒だから。主《おも》に周りが。

その間、私にも少しだけ色々あった。

どこからか私が滋田を振ったという噂がたち、色々な女性から何故《なぜ》か感謝されたのだ。

あの男、意外と恨みを買っていたらしい。

ビストロ・ビヤンモンジェからは季節のハガキが時々くる。シェフが新作を作ったただの旬のいい魚が入ったと言ってはタダ飯を食べさせてくれるので、仕事の都合《つごう》と面倒臭《くさ》い休日出勤がない限り、香澄を連れて行っている。彼女がジャージでレストランへ来た時、シェフ達はかなり驚いていた。だが美味《おい》しそうに食べる姿が気に入ったらしく、最近ではぜひ香澄もと案内に添えられている。

(――あいつは、本当にあれっきりね)

読み返したわけでもないのに、彼から届いたハガキの内容はすぐに思い出せる。


〝久しぶり。といっても一週間前に会ったばかりだね。

君は元気に仕事してるだろうな。

僕もリックも元気だよ。今いる場所は書けないけど、相変わらずブラブラしてる。君には怒られそうだけどね。


仕事はどう?

君は頑張り屋さんだから頑張れとは言わないよ。

いつも他人のために頑張ってしまう人だからね。

だから、時々でいいから自分のことを好きになって、休ませてあげて。

願わくは、休み時間は僕のことを思い出してほしいけど、それはまた会った時の楽しみにしておくよ。

もう少し僕の身の回りが落ち着いたら君を迎えにいくよ。

覚悟しておいて。

それまでは、君がたくさんの美味《おい》しいものに出会い、幸せがたくさん訪れますように。

じゃあ、またね。

レオ〟


アメリカの消印がついたエアメールのハガキにはどこかのバラ園の写真がついていた。

どこだか知らないその小さな庭は、何故《なぜ》か懐かしいような気持ちにさせる。

今日に限ってあの金髪のことを、うっかり思い出してしまったのは、会場のそこかしこに飾り付けられたむせかえるバラの香りに正直うんざりしたからだ。

バラには正直嫌な思い出しかない。千切《ちぎ》っては撒《ま》き、千切《ちぎ》っては撒《ま》きしたあの日。

あの日からもう一年が経《た》つ。

招待状を案内に押しつけてガーデンパーティーの会場に入ると、着飾った人々の間に驚いたことに見知った顔がいた。

「……久しぶり」

「あ、警察ですか？　今……」

「本当に通報しようとするなよ！」

ジョークじゃないですか多分。

手の中のスマホはいつでも通報出来る用意があるけど。

「お久しぶりです。滋田さん」

ディレクターズスーツに身を包んだイケメンがいささか疲れた顔で溜息《ためいき》をつく。

「どうしてお前を御《ぎょ》しやすいなんて思ったのかよく分からないよ」

失礼な。いつも私がどんだけ他人から振り回されてると思ってるんだ。

「人をじゃじゃ馬みたいに言わないで下さい」

「思ってないさ。じゃじゃ馬の方がまだ可愛い」

「可愛い奥さん見つかったんですか？」

「さてな」

そういやこの男、今まで粉かけてた女性達に総スカンされたと噂に聞いた。ざまぁみろ。

どうしてここにいるんだろ。……あーそういえば、社長と石川の先輩だっけ。

「滋田さん、仕事出来るんですからその内いいお話がきますよ」

「見合いしろって？　それこそもうごめんだ」

言いながら、滋田は実にスマートにボーイからカクテルをもらい、手渡そうとしてくるが断る。

「パーティーのあと仕事があるので」

「相変わらずだな。たまには反抗してみれば？」

反抗して代わりの就職先があるならな。

今時、三十路《みそじ》手前で新しい職が見つかるのはよっぽど運の良い奴だけだ。私にその運はない。

「それに今日ぐらいドレス着ろよ」

「嫌です」

たとえドレスだろうが恐らく仕事は押しつけられただろう。ドレス姿で荷物運びなんてどんな罰ゲームだ。

「石川は何も言わなかったのか？」

「石川主任ですか？」

そういやまだ顔見てないな。

「井沢」

噂をすれば影だ。

「お疲れさまです。主任」

簡潔に挨拶《あいさつ》したというのに、今日の石川主任はウンともスンとも言わない。こちらもダークな色合いのスーツがすっきりとよくお似合いで。

「……どうしてドレスじゃないんだ」

何故《なぜ》この鉄面皮《てつめんぴ》にまで言われなければならないんだ。結婚式でドレスを着なきゃならん法律でもあるのか。ぶっちゃけ社長と姫の結婚式にかける金なんぞ一円もない。いっそのこと慰労金《いろうきん》の一つも請求したいぐらいなんですがね。

「このあと仕事なんだとさ」

滋田に言われて石川は少し驚いた顔をした。

「今日は一応、有給休暇扱いだろう」

「先程社長に空港まで荷物を運んでくれと仰せつかりまして」

「なら俺がやる」

溜息《ためいき》をつきながら石川は若干《じゃっかん》疲れた顔をした。この人も、ものすごく振り回された人だからね。ひどい時なんか、兎姫に懐かれてるもんだから社長に本気で嫉妬《しっと》されてね。泥沼になりかけたことがある。ご愁傷様《しゅうしょうさま》です。

「主任はどうぞパーティーを楽しんで下さい。ご友人も参加されているんでしょう?」

そういや石川は教会にも行かずこんなところで何してんだろ。この人一応、社長の親友ポジションなのに。

「教会の結婚式は参加されなかったんですか?」

「面倒だからキャンセルしてきた」

もううんざりといった顔で石川が溜息《ためいき》をついたので、追及はしなかった。今日ぐらいはゆっくりして下さい。

この分だと休日出勤云々《うんぬん》の交渉は出来そうにないな。サービス出勤か。いやもう、この結婚式自体がサービス出勤なんだけど。

「ブーケ投げはこのパーティーでやるらしいぞ」

滋田のにやにやした顔が嫌だ。殴っていいかな。酒が飲めなくてイライラしてるんだけど。

「井沢も参加するんだよな？」

私は滋田を半目で睨《にら》んだ。

「あいにくと、その頃は荷物運びの真っ最中ですよ」

滋田と石川を追い払ってしばらく経《た》ったら、会場に主役が到着してようやくパーティーの本始まりとなった。

ビンゴゲームやらセレブの集まりにしちゃ結構俗《ぞく》っぽい催《もよお》しから、生演奏の社交ダンスなんかもあって、そりゃあもう賑《にぎ》わった。しかし、リクルートスーツと多方面から言わしめられるパンツスーツの私に何かのお誘いがあるはずもなく、会場の木陰でもそもそと食事を楽しんだ。スタッフと間違われなかっただけマシというものか。さすがに美味《うま》いもんばっかり揃《そろ》えてるから、食事は大いに楽しんだ。

最後に出てきたウェディングケーキは花嫁手作りだとかで、それだけは遠慮しておいた。酒も飲めねぇのにそんなもの食えるか。

三段に重ねられたケーキに二人して仲睦《なかむつ》まじそうにナイフを入れる姿は、お客さんの羨望《せんぼう》と溜息《ためいき》を集めている。

そりゃあもう、これで収まってくれなきゃ困る。このパーティーに参加してる親族も友人も散々あの二人に振り回されたのだ。溜息《ためいき》の半分は安堵で出来ていたと思う。

滋田と石川も、私に追い払われた時は不機嫌な顔をしていたが、会場でそれぞれの友人に捕まっては楽しそうに話していた。

部外者は私だけだ。

会社から義理で参加している人達も大して親しくなかったり、専務や常務といった上役ばかりだったりするので、話しかけられるはずもない。

こんなに一人で食事ばっかりしてる結婚式は初めてだ。友人の結婚式では大抵《たいてい》の出し物に駆《か》り出されていて食事をとる暇はなかった。それを嘆いていたが、食べてばかりというのも大いに憂鬱《ゆううつ》なもんだ。

そろそろ宴《えん》もたけなわというところで、私は会場を抜け出した。

この式場はホテルと併設《へいせつ》になっていて、式場が別館、本館がホテルになっている。

だから結婚式のスタッフやホテルの支配人、それからすっかり顔見知りになった社長の使用人達に確認して、私は主役二人の荷物を取り出しにかかった。

使用人から預かったスーツケースは四つ。ふざけてんのか。使用人のみなさんはまだパーティーで手が放せないから私一人で運ぶんですよ、これ。時間ぎりぎりに作業始めなくて良かったー。

使用人の筆頭である執事のおじさんに車を借りることが出来たので、タクシーは呼ばなくて済んだ。スーツケースを二つずつ繋《つな》いでゴロゴロとホテルの廊下を行く。まるでアヒルの行進だ。

そういや引き出物とか出るのかな。がっつり引き出物を出すところと金額に応じたカタログをくれるところがあるけど、後者がいいなぁ。二人の写真入りの皿とかもらっても叩きつけて割るぐらいしか処分方法が思いつかない。

(意外と私、腹立ってるのね)

いや、まぁ腹も立つか。一応、ご列席の皆様の一員にハレの日まで仕事させるかフツー。結婚してくれたのは良い機会だ。本気で転職を考えた方がいいかもしれない。

「井沢」

呼ばれたかと思うとスーツケース二つが取られていった。

私と並んでゴロゴロとやり出した人を見て、驚く。

「どうしたんですか。主任」

ネクタイをいくらか緩《ゆる》めた石川がむっすりとした顔をする。

「俺がやると言っただろう」

「ですが、使用人の方とも話をしなければなりませんでしたので」

「そうだとしてもだ」

俺様上司は自分の思う通りにならないと気に入らなかったらしい。「すみません」と謝ると、睨《にら》まれた。どうして上辺だけの言葉だと分かる。

ロビーから駐車場に降りるエレベーターに乗ると、石川はことさら大きな溜息《ためいき》をついた。

「お前の仕事ぶりは買ってると言っただろう」

いつの話だ。

石川達は相変わらず私に厳しい。

「……だが」

石川が呟《つぶや》いたところで駐車場についたので、借りた車を探してスーツケースを詰め込んだ。スーツケースがセダンに全部入ると思ったのか。トランクに二つ入ったけど、後部座席には一つしか乗らない。助手席の座席も倒してようやく四つだ。男手があって助かった。

ありがとうございました、と素直にお礼を言ったというのに、石川は憮然《ぶぜん》としたままだった。

「キーを貸せ」

強引な男は嫌いだよ。

「私の仕事ですから。会場に戻って下さい」

言い残して車に乗ろうとしても、まだ石川はこちらを見て、また溜息《ためいき》をついた。物分かりのいい優秀な部下でなくて済みませんねぇ。

「――お前、仕事辞めていいぞ」

突然突き付けられた言葉に、思わず車のキーを握りしめる。

「……違う。そうじゃない。お前が邪魔だとか、そういう意味じゃないんだ……」

せっかくセットしていた頭をかきむしって、石川は呻《うめ》いた。

「お前は、嫌いなんだろう。この仕事」

嫌だ。

もうこの上なく。

今日は、本当にそう思った。

自分の心を見抜かれたようで、私は石川の顔を見られなくなってしまった。

いつだって嫌々仕事をしていたのを、すっかり見抜かれていたのだ。顔が熱くなった。

けれど石川は私の羞恥《しゅうち》を無視して言葉を続けてくる。

「お前のおかげで、事務仕事の環境もだいぶ良くなった。お前がソフトや書類を整理してくれたおかげで、課内の全員の仕事がはかどるようになったんだ。——俺だけじゃない。秘書課全員がお前に感謝してる」

そんなことを言わないでほしい。

私は、私の居場所が欲しくてやっただけだ。接待は慣れないけど、事務仕事なら負けない。その自信が欲しくてやっただけだ。決して誰かのためじゃなかった。

——恥ずかしい。

これが石川最大の褒《ほ》め言葉だったとしても、こんなに恥ずかしい褒《ほ》め言葉があるか。

他に仕事がない。命令されたから。そうやって逆らうこともせず、文句だけは一人前で。

自分の憂鬱《ゆううつ》ばかりを嘆いて惰性で仕事をしていた私を、口は悪いけれどいつだって仕事に誇りを持って勤めている石川が褒《ほ》めてくれた。そんな彼がこんな私を褒《ほ》めないで欲しかった。仕事に対して何の誇りもない自分が情けなくてたまらなくて、泣きそうになった。

「……主任。ごめんなさい」

口をついて出たのは子供のような弁解だった。

「井沢……」

石川の腕が伸ばされた。

どうしてこの人が泣きそうに見えるんだろう。

自分が今にも泣きそうになっているのは分かっている。

今、優しくされたら絶対に泣く。そんなこと、許されるはずもないのに。

私は逃げるように車に乗ってエンジンをかけた。

「井沢！」

窓越しに石川が叫ぶ。

「お前はもっと、自信を持て！」

何も聞かないフリをして車を発進させた。


私は、自分でも嫌になるほど臆病《おくびょう》な性格だ。渡れると分かっている橋も渡れず、信頼出来ると分かっている人の手すら握れない。

私は信頼を裏切られることが一番怖い。

一度でも信頼した人から裏切られることに、一番傷つくからだ。

恋人は良い例だった。かつての恋人は、私を傷つけるだけ傷つけて自分だけ幸せになった。

内実なんか知らない。でも自分の幸せのために私を犠牲にしたことを、彼はきっと何とも思っていないだろう。

私がほとんど人間不信とさえ言えるほど、他人を信じられなくなったことも知らないだろう。

彼はとても良い人だった。

誰からも好かれて世の中を要領良く渡れる、そういう人。

そんな人の特別になったのだと自惚《うぬぼ》れていたのかもしれない。彼の特別はたくさんいたというのに。

本当は心の弱い私が作った仮面だけ見て、彼は私を切り捨てた。

あなたは私の何を見ていたというの。

恨み言ばかりが心を渦巻いて耐えられなくなった。

他人のことなどもう信じない。

自分のためだけに生きる。

——そう決めていたのに。

いつだったか、金髪が言った通りだ。

私は世界一厄介《やっかい》なお姫様だ。

色々なものをドレスのように引きずって歩いて、声も上げずに救われることばかり望んでいる。

誰か、誰か助けて。

弱くて脆《もろ》い、私を見つけて、と。

空港に着いて車から荷物を下ろしていると、警備のお兄ちゃんが手伝ってくれた。出世するよ、君。

スーツケースをごろごろ引き連れていたらスマホが鳴った。社長だ。

これから搭乗《とうじょう》手続きをするらしい。

待ち合わせのゲート前まで向かったら、白のワンピースを着た兎姫とシャツにジャケット姿の社長が待っていた。さすがに今日は遅いとか言わないな。幸せそうなのが駄々漏《だだも》れだ。美男美女のカップルを空港を行き交《か》う人々が遠巻きに見ている。わぁ、マジでうざい。

スーツケースを係員に預けてようやく手続き待ちになると、大勢の見送り客をかき分けて私のそばに兎姫が寄ってきた。

「おめでとうございます。佳苗お嬢様。ああ、もう奥様ですね」

顔を合わせた時にすでに挨拶《あいさつ》がわりに言ったんだけどね。

「ありがとうございます。井沢さん」

幸せそうにお姫様が微笑《ほほえ》んだ。

ようやく収まってくれてようござんした。もう迷惑をかけてくれるなよ。

「ご苦労だったな。井沢」

女でも二人きりで話すと嫌か、社長。

「いえ。本日はおめでとうございます」

二人して幸せそうに微笑《ほほえ》んだ。

これで私のお役も御免《ごめん》……

「井沢。お前に相談なんだが」

え、何。

「これから佳苗は社長夫人として忙しくなる。井沢に懐いているようだし、これからは佳苗の専属秘書になってくれないか？」

何だそれ。

「業務は今までと変わらない。会社にも籍は残すが、主《おも》な仕事は佳苗のスケジュール管理だ」

給料も今の倍。

社会保障は守られて。

使用人とも顔が利《き》くから。

社長の並べた条件はそれはスバラシイものだったが、私の頭を上滑《すべ》りしていった。

「もうっ！　湊さんったら旅行から帰ったあとでって言ったじゃない」

この子が私に懐いている？

「でも、井沢さん。あなたなら信頼出来るの。いつも私のためを考えてくれたあなたなら。だから、秘書を引き受けてくれませんか」

きらきらと輝く笑顔が眩《まぶ》しい。

えっと。何かなこの展開。

断るとか思ってないのよね。この人達。マジで。本気で？

そりゃあ、お仕えしていたからには私情なんか挟《はさ》みませんよ。ええ。社会人ですから。お仕事ですから。

——でも、あんた達を尊敬はしていない。

多分、他の人の視点で見たら素晴らしい人達なんだろうけど、私がやってきたのは主《おも》にこの人達の後始末。

キラキラしたラブロマンスの舞台裏というやつだ。

人間誰かの犠牲の上に成り立ってるっていうけど、本気で土台でしたからね私。

石川は社長の親友だから仕方ないってところもあるんでしょうが、私は全くの雇用関係に他ならない。

幾《いく》らかの情は湧《わ》いていたかもね。

私だって人間ですもの。親愛とか友愛とか何も感じないわけじゃない。

でもそれは、今この時まで。

「返事は旅行から帰ってからでいい」

社長はそんな捨て台詞《ぜりふ》を残して搭乗《とうじょう》ゲートへとお姫様をエスコートしていった。

その他大勢に混じって社長と姫をお見送りした私はすでに決心がついていた。


辞める。

もう辞めてやるこんな会社。


他人にとっては人気者でも、私にとってはそうじゃない。

あんなのと付き合ってたら私の身も心も持ちません。殺す気か。

ごめんなさい、主任。

あなたのこと、結構好きでした。別に男女の情とかじゃなくて、人間として。

初めて送る手紙が退職届でごめんなさい。個人的に謝っておこうか。未練がましいか。

——辞めていい。

そう言ってくれた人だ。

辞めたら一度会いに行こう。会社の外でなら、あの鉄面皮《てつめんぴ》もちょっとぐらい笑うかもしれない。レアだ。写真撮《と》ってどこかに売ろう。

決めたらせいせいした。

大きく伸びをして、ロビーをだらだらと歩く。

えーとあとは車返して、退職届書いて。

空港は当然ながら外国のお客さんも多い。

何気なく眺《なが》めていたはずが、目は淡いブロンドを探していた。

(あいつ、何してるんだろ)

私の前に突風のように現れて、人を散々巻き込んだ挙句《あげく》気がついた時には台風一過。

私の弱みだけ握って彼は消えた。

いくら思い返しても彼との思い出は最悪だ。

今度会ったら罵倒《ばとう》をくれてやらなければ。

もう会うこともないかもしれないけれど。

思ったよりもぼーっと歩いていたのか、待合所の椅子のそばでスーツケースに足をぶつけそうになった。

しかし私が間抜けにもぶつかる前にスーツケースがベンチのそばへと引き寄せられたので、こっ恥ずかしい惨事にはならずに済んだ。

「sorry」

うお。ネイティブだ。

慌《あわ》てて謝ろうとして、言葉がつっかえた。

「——何だ。真由美じゃないか」

何だとは何だ。

思わず顔をしかめたら、今しがたぶつかりそうになったスーツケースを手にした彼は、ベンチに腰かけたまま面白がるように笑った。

よく見れば彼のそばには黒髪の喪服男と銀髪のお姉さんもいる。どうしてこんな目立つ集団が目に入らなかったんだよ。疲れてるのか私。……疲れてるな。

「やっぱり僕を覚えていたね。約束は覚えてる？」

そう言ってチャコールグレイのスーツの長身はベンチを立つ。見上げると首が痛い。

「お、覚えていません！」

さっきまであやふやだった金髪の顔が、馬鹿みたいに鮮明になって驚いた。

本物か。

動揺で思わず大声を出してしまって一瞬で周囲の注目を浴びたというのに、余裕さえある笑みを浮かべた端整《たんせい》な顔は動じもしなかった。

「ここで会えて良かったよ。今日は休日だし、どうやって迎えに行こうか迷ってたんだ」

家で待ち伏せても良かったんだけど、と迷惑極《きわ》まりない恐ろしいことを言う。やめてくれ。今日は洗濯物を部屋中に吊《つ》るしてきたんだ。

……この我が物顔、本物だ。

金髪が喋《しゃべ》り出すと、衆人は「何だ恋人か」と言うように興味を失くして去っていってしまう。待ってくれ誤解だ。ついでに私も連れていけ！

「明日まで待って会社に押しかけても怒るでしょ？」

仕事は辞めます、と言いかけて止めた。

今言って良いことは何もない。だから私はなるべく当たりさわりの無いことを口にする。

「——今日は、社長の結婚式だったんです」

「へぇ。あの子と？　おめでとう」

金髪の返事は気の無い物だ。

興味ないんですね。私もですが。

「今、新婚旅行のお見送りをしてきたところで」

「——会社、辞める気になった？」

どこかさまよっていた私の視線が黒目に引き戻された。

「君が会話の方向を変に変える時は何かあった時だからね」

金髪がしたり顔で微笑《ほほえ》んだ。

何でも分かったような口を利《き》くな。

「でも、あえて聞く。辞めるんだね？　あの会社」

まっすぐに見つめられて、私は渋々うなずいた。

「……今日決めました」

「それは良かった」

答えたのは金髪ではなかった。

後ろにいた陰険《いんけん》執事だ。今日も暑苦しいダークスーツで、紳士的な顔立ちに似合わないスマホを操っている。

「これで、あの会社を買収する必要はなくなりましたね」

陰険《いんけん》執事に金髪は口を尖らせる。

「買収じゃなくて株の買い占めだよ。まぁ、余計な出費をしなくて良かったんじゃない？」

え、何。何の会話。

混乱していたら、金髪が私の肩を叩いて微笑《ほほえ》んだ。

「喜んで真由美！　これで大手を振って会社を辞められるよ。君は会社を救ったんだからね」

は？

「優良企業の株を買い揃《そろ》えるのは仲間内からも強引だと批判が出ていたからね。全部買い切るまでに君と会えて本当に良かったよ」

えーと。何それ。

自分の血の気が引いていくのを感じた。

目の前の猛獣《もうじゅう》は微笑《ほほえ》んだままだ。

「いったい、何を……」

真っ青な私に金髪はにこやかに解説してくれた。

「単純に言えば、あまりにも腹が立ったから君の会社を潰《つぶ》してやろうかと思って」

ちょっと待て。

本気で待てよ。こんな空港の端《はし》っこでうちの会社の命運が決められそうだったっていうのか！

「ちょっと待って下さい。冗談にしたってあまりにも……」

理解が追いつかない私に、陰険《いんけん》執事が言い添えてくる。

「ここで言い争うより本社に問い合わせた方が確かではありませんか？」

陰険《いんけん》執事はこれ以上なく慇懃《いんぎん》無礼《ぶれい》だが、金髪の作り話に口裏を合わせている様子もない。買収云々《うんぬん》の話は彼から振ってきたのだ。

本当なのか。

ただの嘘ならこれほど悪い冗談はない。

だがもしも本当なら、今頃、社長のいない会社が大混乱に陥《おちい》っているのが目に見えた。

すでに辞めることを決めたとはいえ、あまりにも悲惨だ。

私は慌《あわ》てて秘書課に電話をかけた。固定電話、水田、沖島、と順番にかけても全く繋《つな》がる気配がない。どんなに厳しい先輩だろうと、就業中に電話が繋《つな》がらないなんて今まで一度も無かったことだ。

「い、急いで帰社してきます！」

車なんか返してられるか。

早く会社に行かなくてはならない。今頃、副社長以下が脂汗《あぶらあせ》をかいて取引先との交渉を続けていることだろう。

誰だこんな時に結婚式なんぞやった馬鹿は！

「待った」

金髪に腕を取られて、今度は本気で睨《にら》んだ。

「放さんかい、このアホ！」

彼の両親が、この金髪を連れ戻そうとしているのがよく分かった。

この男は、野放《のばな》しにしていたら危険なのだ。

普段は大人しく昼寝をしているというのに、気に入らないと思えばまるで子供の遊びのように何千もの人を路頭に迷わせる真似をしてみせる。

彼に一度牙を剝《む》かれれば、たとえ親であっても簡単に食い殺されるだろう。

「ええか？　このすっとこどっこい。こんなアホな遊びをやるような奴、私は知らん。顔も知らんし名前も知らん！　何でも思い通りになるなんて思い上がるな！」

腕を振り払おうとしても、金髪は私の腕を放さなかった。

怖い。だが、それ以上に腹が立った。

「この僕を怒らせて、無事だった人間はいないよ」

そうだろう。そうなんだろう。

でも――

「何でも思い通りにならないって言ったのは、あんたやで」

そう言ったのは嘘か。

なら私はまんまと騙《だま》された。

――今度こそ、腕が放された。


慌《あわ》てて本社に戻った私を待っていたのは、まるでおもちゃ箱をひっくり返したような騒ぎだった。

社員は必死の形相で電話をかけて回り、役付きは取引先に直々《じきじき》に頭を下げに回った。普段は席でふんぞり返っているだけの管理職達が社員に檄《げき》を飛ばし、叱咤し、自《みずか》らも彼らに混じって電話をかけて書類を作った。きっと今までも彼らがこの会社を支えてきたのだ。ハゲとか言ってごめんなさい。

事態が落ち着いたのは深夜になってから。株が徐々に戻り始めた。秘書課に報告を持ってきたのは、すでに半べそをかいていた営業の若造だ。

『皆、ご苦労だった』

社内アナウンスが流れた。

社長だ。ハネムーン先からすぐに帰ることが出来ないので、パソコンで社内と直通のテレビ電話を常に繫《つな》ぎながら対応していた。どういう手段を使ったのか、すでに帰りの機内らしい。

『このような不測の事態となったのは、すべて私の不徳の致すところだ。これからは、驕《おご》らず、慢心せず、我が社を築いていきたい。どうか、私に力を貸してくれ』

社長の謝罪なんて初めて聞いた。

それは古くからいる社内の人々も同じだったようで、誰かから始まった拍手がみるみるうちに会社を包んだ。

社長が急いで帰ってきたところで、待っているのは膨大《ぼうだい》な後始末だ。取引が幾《いく》つかダメになるかもしれない。

それでも、疲れ切った社員達の顔に宿ったのは、生気だった。

「お前、帰ってきてたのか」

ぐちゃぐちゃになった机を片づけていたら、通りすがりに声をかけられた。

石川だ。パーティーの時と同じスーツだっただろうに、すでにシャツ一枚で腕まくりをして、髪もこれ以上ないほど乱れている。

「お前も馬鹿だな」

鉄面皮《てつめんぴ》が笑った。

おお、しまった。せっかくのシャッターチャンスなのに、スマホが手元にない。

「ありがとうございます。主任」

頭を下げたら、石川が呆れたようにまた笑った。

＊＊＊

それから、二週間は休暇返上で働いた。だって辞めるなんて言える雰囲気じゃないですよ。冷たかった人達がたまにジュースを奢《おご》ってくれたり、私もお菓子を差し入れたりするようになった。ずっとこの会社で働き続けていたいような、そういう雰囲気になったけれど、やっぱり私は会社を辞めることにした。

この騒ぎが落ち着いたら、兎姫の専属お守《も》りが待っている。冗談じゃない。

退職届を受け取った石川は、ぽんと肩を叩いて貴重な笑顔を見せてくれたけれど、意外にも私を惜しんだのは水田だった。

「どうして辞めるのよ。飲みにも行ってないじゃない！」

どうやら、忙しくて私の歓迎会すらままならなかったことをずっと悔やんでいたらしい。

その日、同じ課の人間は忙しかったので香澄を誘って三人で飲んだ。水田は予想を越えた泣き上戸で、今まで厳しかったことや優しく出来なかったことを延々と語った。

薄々分かっていたが、石川達が率先して厳しくしていなければ、私へのイジメはもっと陰湿になっていって私は今日まで耐えられなかっただろう。とんでもないスパルタだったが、鍛《きた》えられたのは確かだ。

私はきっと、前よりもずっと心を強く保てるようになった。

それから、誰かが自分を思い、自分が誰かをまた思うのは、恐れていたよりもずっと温かいことだった。

それを思い出させてくれたから。

私は、もう誰も恨まずにいられる。


最後の出社の日は、古巣の庶務《しょむ》課の人達も駆《か》けつけて、秘書課で簡単なお別れ会をやってくれた。

「まだ大変なこの時期に辞めることになってしまい、申し訳ありません」

「ああ。みんな君に怒っているからな」

胃薬の欠かせない課長が私に花束を渡して笑った。

「せいぜい仕事に困って苦労したまえ。元気でな」

「はい」

ゆっくり休めということだ。

失業手当は出るのだ。仕事を探しながらせいぜいのんびり過ごす。

庶務《しょむ》課の先輩がたにお礼を言って、秘書課の人達には睨《にら》まれもしたが、私はそのまま社屋を出た。

――しかし、そうすんなりといい話で終わるはずもなく。


「井沢さん」

会社前で私を待ち構えていた車から、あまり見たくない顔がやってきた。

どうやら社長が口を滑《すべ》らせたらしい。慎ましくブランド物のスーツを着たお姫様がこちらを責めるように見上げてくる。

「どうして辞めちゃうんですか」

あんたのお守《も》りはもうたくさんだからだよ。

と、言いたいところだが、私は無職でも常識を持つ大人だ。

「申し訳ありません、奥様」

深々と頭を下げるにとどめておく。

このお姫様は、自分よりも年上の私に代償を支払わず、こうして丁寧《ていねい》に扱われ、敬語を使われ、頭を下げられていることにいつまで経《た》っても違和感を覚えない。きっとそういう人種なのだ。

兎姫の専属秘書の話は丁重に断ったが、恐らく、彼女が飽きない限り誘いは続くだろう。

無職になった今、断りにくいことこの上ない。

どうやって煙《けむ》に巻こうか考えあぐねていたら、不意に後ろに人の立つ気配がした。

「井沢さん」

誰だ。

振り返って、しまったと思った。

「退職おめでとうございます」

そんな日本語聞いたことない。

まるでプロポーズでもするように、胸に手を当て微笑《ほほえ》んでいる。

本日お召しのチョークストライプのダブルのスーツも、金の御髪《おぐし》によくお似合いでムカつきます。

ぶっちゃけどこぞの社長より迫力あって怖いわ。

ブロンドの猛獣《もうじゅう》がじりじりと寄ってくるので下がりたいが、後ろには兎姫。

何の罰ゲームですか。

「職をお探しでしたら、いかがでしょう」

立ち往生して逃げも隠れも出来ない私に、金髪は手を差し出してきた。

「僕の秘書になりませんか」

背中越しに兎姫を見やれば今にも泣きそうだし、目の前の猛獣《もうじゅう》に至っては微笑《ほほえ》んだままだが、たぶん怒ってる。

何故《なぜ》だ。怒ってるのはこっちだ。

すんなり辞めたかったのに、会社は無駄に居心地《いごこち》が良くなるし。

あの一件で、結束力みたいなものが生まれて現代日本では珍しいほど体育会系の会社になった。

夕日に向かって走れるほどですよ。

兎も嫌いだが、金髪の猛獣《もうじゅう》も嫌いだ。

だが、どちらの手を取るかと考えれば心はすぐに決まった。

「――奥様」

兎姫に声をかけ、課長から渡された花束を渡してやると困惑したような顔をする。

「今までお世話になりました」

「井沢さん」

「もうお目にかかることもないでしょうが、お元気で」

泣いたって無駄だよ。

女の涙は嘘と自分が可哀想で流すんだ。同じ女に通用すると思うなよ。

「い、井沢さん、私のこと嫌いになったんですか？」

嫌いというより苦手だ。

いつでも幸せなお姫様。

私とはいつだって正反対。

でもこれを言っても、彼女は生涯、理解することはないだろう。

「私とあなたの人生がここでお別れになる。ただそれだけのことですよ」

兎に微笑《ほほえ》んで、金髪に振り返って睨《にら》んだ。

「ミスター。お話を詳《くわ》しく聞かせていただけませんか？」

この場しのぎでもいい。

付き合え、このやろう。

私の念が通じたか、金髪は今度こそ本当に微笑《ほほえ》んだ。

「歓迎しますよ。井沢真由美さん」

残された姫が泣いている。

自分が何をしたのかも知らないで泣いているのだろう。

それには振り返らず、私は金髪の手を取った。

――までは良かった。

「はーなーせー！」

「嫌だよ。また逃げるでしょ」

会社の路地裏を抜けて金髪に引き連れられて行くと、やはり陰険《いんけん》執事が車で待機していた。

「これでもぎりぎりまで待ったんだよ。すぐに日本を発たなきゃ」

何言ってんだ、この金髪は。

「馬鹿言わないで下さい。私をどこへ連れていく気ですか」

「えーと、次はどこだっけ」

「タイですね」

「タイ!?」

陰険《いんけん》執事がすかさず答えて車のドアを開けた。引っ張るな！　押し込むな！

微笑《ほほえ》みの国だろうが、今の状況が笑えるか！

金髪が隣に座ると車が動き出してしまう。出せー！

「僕の秘書になってくれるって言ったじゃないか」

暴れる私の隣で金髪が拗《す》ねるように言うので睨《にら》みつける。

「詳《くわ》しい話を聞くと言っただけです」

「時間がないから車と飛行機の中で話すよ」

「このまま行けと⁉」

「大丈夫だよ。君の家財も家も」

家財と家？

「家財道具や着替えは全部僕のセーフハウスに持ち込むから大丈夫。家は申し訳ないけど処分するね。家賃がもったいないし」

家賃の問題じゃない。

「何考えてんですか！　明らかに誘拐ですよ！」

このまま帰っても帰る家がないかもしれないということだ。馬鹿な。

「とんでもない。雇用主の厚意だよ」

「どんなとんでもない厚意ですか。嬉しいどころか悲しいですよ！」

「僕は君を逃がさないって言ったよ」

黒い瞳が私を見つめて離れない。

「……どんな手段を使っても？」

「君に無理強《むりじ》いはしたくない」

「この状況がとんでもなく無理強《むりじ》いなんですが」

「だって君が逃げるから」

「私は猫や犬じゃないんですよ！」

「君が僕の持っている何かで飼えるとは思ってない」

じゃあ、何を差し出すというのか。

「だからまずは、仕事をあげる。給料の交渉でもしようか」

にっこり微笑《ほほえ》んだ金髪の顔は天使のようにも見えたが、中身が悪魔だと私はすでに知っている。

＊＊＊

結局、私は抵抗らしい抵抗も出来ずに飛行機に乗せられた。

パスポートが無いと言い張ったが、すでに金髪の部下が私の家を家捜《やさが》ししたあとだったのだ。強盗だ。

虚《むな》しい気持ちで初めての微笑《ほほえ》みの国の地を踏んだ私は、実家と香澄に連絡を取った。

この両者には私が退職する旨《むね》はすでに伝えてあったので、昨日の今日で就職先が決まり、タイに赴任《ふにん》したことを大いに驚いた。私だって驚きたい。

待遇は、前の会社より悪い。

給料は以前の三倍だが社会保障はない。一応、年金の類《たぐい》は親に頼んで払ってもらうことになった。厚生年金もないので、外国の保険会社で生命保険をかけることになった。笑えません。福利厚生は自前で賄《まかな》えが方針で、三倍の給料がそれに当たる。危険給というわけだ。

劣悪な条件のくせに業務は馬鹿みたいにハードだ。一年の大半は各国を転々《てんてん》とし、休暇は不定期。しかも護衛無しでは出歩けない。常に行動を共にするスタッフは様々な国から集められているので、当然会話は英語が中心。他にも多くの言語が喋《しゃべ》れれば喋《しゃべ》れるだけいい。

私の仕事はスケジュールの管理と雇用主の体調管理。細かい交渉事は陰険《いんけん》執事のリチャードが行うが、それでも英語で会話をしなければならないことは前の職場より格段に多い。

恐ろしくタイトなスケジュールでタイのホテルに放り込まれた私は、半分意識を失うように寝た。

「無理です。私には務まりません」

翌朝、ホテルの部屋で朝食を食べながら、ようやく待遇などの話を聞いて、迷わず首を横に振った。

日がな一日どころか年中同じ場所でパソコン打ってたような奴が、いきなりスーパー営業マンみたいなことが出来るはずがない。

「じゃあ、僕のお嫁さんにでもなる?」

「リチャードさん、この金髪頭がまだ寝ぼけているみたいなので叩き起こしてあげてくれませんか。こっちは真剣に話してるんですけど」

朝食後のオレンジジュースをすすって言うと、当然のように給仕をしていた陰険《いんけん》執事は「かしこまりました」と懐《ふところ》に手を入れたと思えば、手品のように拳銃《けんじゅう》を取り出した。

しまった、この人は冗談で出来ているんだった。

「何やってるんですか!」

「ですから、目を覚まさせようと」

「下手したら永眠しますよ！」

やめろとぎゃあぎゃあ叫んだらようやく拳銃《けんじゅう》を仕舞ってくれた。相変わらず何を考えているのか皆目《かいもく》見当も付かない男だ。

拳銃《けんじゅう》を出す方も出す方だが、突きつけられた方もちょっと執事を見上げただけで顔色一つ変えなかった。籐《とう》のイスにゆったりと腰かけた、ラフな半袖シャツと綿のパンツの金髪は、私の顔を見て少し不機嫌になった。

「いい加減、レオって呼んでよ。金髪がこの世界に何人いると思ってるの」

「その名前の人もたくさんいると思いますけど」

「もう。相変わらずだなぁ」

結局苦笑しただけで、金髪は私に怒りもしない。

「……私を、給料出して雇う必要があるんですか？」

彼のスケジュール管理と体調管理ならば、陰険《いんけん》執事が完璧にこなしている。私がやるよりよっぽど上手くやっているだろう。

「朝は女の子に起こしてもらう方が好きだから」

じっと睨《にら》むと金髪は苦笑しながら姿勢を改めた。

「リックには、確かに身の回りから仕事までサポートしてもらっているけどね。君には僕のプライベートのスケジュールを管理してほしいんだ」

「女性関係の清算やお世話はうんざりなんですが」

今まで嫌っていうほどやったからね。

すると金髪は「違うよ」と紅茶を飲んだ。

「仕事とプライベートで会う人は違うからね。だから、僕個人のスケジュールを君に管理してもらって、リックには会社のスケジュールを管理してもらおうと思って」

分かるような、分からないような。

金髪はさも諭《さと》すように言う。

「言ったでしょ。君にはまず仕事をあげるって」

「恵んでいただく必要はありませんが」

「良いんだ。これは僕の勝手だから。君はこの仕事を好きになってくれたらいい」

金髪が勝手過ぎて目眩《めまい》がしそうだ。

「君の世界はいっぱい見せてもらったからね。今度は僕の世界を見ていってよ。嫌になったらそう言って」

「もう帰りたいです」

「僕のこと、ほとんど知らないじゃないか」

私は何も知らなくていいと思っていた。

「……この前みたいな銃撃戦は困ります」

「あんなことは稀《まれ》だよ。僕はギャングやマフィアじゃないからね。もう君を危ない目に遭《あ》わせないって約束する」

「……英語喋《しゃべ》れないんですけど」

「聞いてれば覚えるよ。それに、僕の隣から離れなければいいでしょ」

「……前の会社にやったこと、まだ許してません」

「あれは、本当にごめん。仲間からも怒られたよ。ほとんど僕の独断だったからね」

「どうして植村の株を買い占めたりしたんですか」

私の質問に金髪は「そうだなぁ」とあっさりと答えた。

「理由は色々あるけど、どうせあのまま行けば潰《つぶ》れそうだったから青田買《あおたが》いしようと思って。君を見ていたら社員待遇も良くなさそうだったしね。業績は悪くない企業だから子会社化するのもいいと思ったんだ。でも仲間からは投資をして更生させればいいっていう意見が大半で説得出来なかったから、君が辞めるって言い出すかをリミットに、僕が買い占めを断行したんだよ」

めちゃくちゃだ。

本当にちょっと腹が立ったから会社を乗っ取ろうとしたのだ。

私があの日辞めると言わなければ、確実に会社の名義が変わっていただろう。

最悪だ。私は悪魔と面接しているような気分になった。

「……どうして私なんですか？」

秘書なんて、私じゃなくてもいいはずだ。

「君がいいんだ」

私に何があるというんだ。

「僕が雇用主では不満？」

不満だ。

こんな身勝手極《みがってきわ》まりない雇用主なんて。

「――君を好きだといった僕の言葉は、信じられない？」

じっと私を見つめる瞳は嘘をついているようには見えない。

ラブロマンスに出てくるようなヒロインなら一目惚《ひとめぼ》れしてしまいそうだ。だが、私はどこまでも脇役だった。

「信じられません」

口先のうまい男は信じないことにしています。婚約破棄した前の恋人はそういう男だったから。

でも。

「このタイにはどれぐらい滞在するんですか？」

「一週間ぐらいかな」

「じゃあ、一週間だけ雇《やと》って下さい」

でも、私はきっと、このレオという人の広い世界を見てみたいと思っている。

恐ろしくても、触れたいと思わせる人なのだろう。

「私からも、条件があります」

私の提案に彼は瞳をきらりと輝かせた。内容を聞く前に安易にうなずかないのは、彼が経営者だからだろうか。

「私があなたを好きだと言わない限り、私を恋人のように扱うのは絶対にやめて下さい」

タイまで連れてこられた上、退屈凌《しの》ぎに恋人扱いされてはたまらない。

挑《いど》むようにまっすぐ黒目を見つめると、穏やかな微笑《ほほえ》みが面白そうに輝いた。

「いいよ。交渉成立だ」

その瞳に吸い込まれるようにして、私はうなずいてしまった。


こうして私はまた秘書となりました。

前の職場が恋しくなりそうです。

相変わらず、秘書の私に休日はない。

神様。

何て星の巡り合わせを寄越《よこ》してくれたんだ。

――責任者出てこい！

エピローグ

日本を無理矢理脱出してから、私は金髪と各国を旅する羽目《はめ》になった。

何だかんだと言いくるめられて次はこの国、次の国、と連れ回される内にすっかり秘書として働かされていたのだ。

それに気付いたのは、間抜けにもいつの間にか作られていた口座に給料を振り込んだという執事の言葉だった。あまりにも衣食住が充実していたので失念していた。アホ過ぎる。

国際電話を受けることにも慣れてきた香澄に嘆いたら、彼女は大笑いして土産《みやげ》を送るよう要求してきた。現金な奴だ。とりあえず、旅をした国の有名な酒を送ることにしている。

実家の母は一年に一度くらいは顔を見せろと言っただけで、あとは特に何も言わなかった。薄情なものだが、これぐらいでちょうどいいのかもしれない。年賀状ぐらいは出すことにした。

初めのうちは金髪と執事、フィンという銀髪のお姉さんぐらいが私の話し相手だったが、英語が理解出来るようになると、たくさんの人と話すことが出来るようになった。しかしその人たちのほとんどは私の子供みたいな舌足らずな英語を面白がっていただけだというのに、金髪は何故《なぜ》か私が他人と話すことを嫌がった。職務怠慢でもしろというのか。

「仕事の邪魔をしないで下さい」

今もフィンと何とか英語で仕事の話をしていたというのに、仕事を終わらせた雇用主が「何の話？」と邪魔しにきた。

「私はまだフィンさんと話があるんです。会長の相手はしていられません」

私がにべもなく追い払ったというのに金髪も心得《え》たもので、一向に立ち去ろうとはしなかった。

「どうせ僕の話でしょ。だったら真由美は僕を優先するべきじゃない？　さっきまで僕がどれだけ仕事をしたと思ってるのー。褒《ほ》めてよ、遊んでよ！」

一端の大企業の会長という肩書きに相応《ふさわ》しい上等なスーツに身を包んだ、さも上等な男が駄々《だだ》をこねている。うっとうしい。

——そう、この金髪は世界を跨《また》ぐお尋ね者であると同時に、ロンドンに本社を置く大企業の会長さまなのだ。

大学時代に友人と興した会社が運良く当たったとか何とか本人は言っていたが、運だけでこれだけの会社は作れない。今の社長は一緒に会社を興した友人だという。自分は両親の確執が顕在化するとさっさと会長職を得《え》て気ままな旅暮らしとなったというから、彼の行動力は常人とはケタ違いだ。

しかし年に何度かは重要な案件を片付けに本社に戻らなければならない。今回も各国を回ってようやく本社に帰ってきた金髪は、先程まで会長室に篭《こも》って真面目《まじめ》に仕事をしていた。静かでいいからと部屋の外でフィンと英語の勉強も兼ねて話をしていたというのに。仕方なく駄々《だだ》をこねる会長に渋々向きあった。

「会長のお仕事はまだたくさんあるでしょう。大人しく次の仕事を陰険《いんけん》執事に割り振られて下さい」

「陰険《いんけん》執事とは私のことでしょうか。真由美さま」

最悪のタイミングで現れたのは陰険《いんけん》執事ことリチャードだ。

「り、リチャードさん」

「陰険《いんけん》執事で構いませんよ。妙齢《みょうれい》の女性に渾名《あだな》をいただくことなどあまり無いことですから」

特に怒った様子もないのがいっそ不気味だ。それに怒り出したのは別の方だった。

「ずるいぞ、リック！　真由美に渾名《あだな》を付けてもらうなんて！」

見当違いなことを喚く金髪を陰険《いんけん》執事はにこやかにあしらった。

「会長と呼ばれているではありませんか。立派な渾名《あだな》ですよ」

「それはただの役職だ！」

一向に終わりそうにない主従漫才《まんざい》に私は手を打った。

「お二人とも邪魔ですよ！　とっとと次の仕事へ行って下さい！」

そう言うと陰険《いんけん》執事は即座にスケジュール帳を開いて確認し、金髪の首根っこを掴《つか》んでどこかしらに引き取っていってくれた。こういう時、あの問答無用の陰険《いんけん》執事がいてくれると助かる。

ほっとしていると隣で話していたフィンがくすくすと笑っていた。待たせたことを謝罪するが、彼女は気にした様子もなく「いいえ」と首を振って笑う。

「あのボスとリチャードに意見出来るのは、あなたぐらいですからね。真由美さま」

不本意だが、フィンの言う通りだった。

金髪が協力者と呼ぶフィン達のような仲間は多いが、あの金髪と陰険《いんけん》執事に意見するのはほんの一握りだ。

あの金髪はこの組織の中で、まさしく百獣《ひゃくじゅう》の王の如《ごと》く君臨しているのだ。

だが私の仕事はあの金髪のプライベート管理である。

そして雇《やと》い主《ぬし》の金髪はというと、やはり見立てどおりひどい生活をしていた。

オフの日はふらりと出かけては場末《ばすえ》の酒場で飲んだり泊まったり、ギャンブルはするわ勝手に遊園地に行くわ。ジャンクフードが大好きで、たまに食べたいと駄々《だだ》をこねた。私も好きだが。あとはホテルのキッチンでひたすら料理を作っていたりもするし、部屋で読書に明け暮れることもある。何故《なぜ》か女の影だけは私に見せず、時々こいつは男なのかと疑った。

ただ、仕事はほんの一時的なものとして決めているらしく、彼は全くと言っていいほど仕事をオフに持ち込まない。休むと決めたらとことんまで休むのだ。

そのためわざわざアポイントを取った人と会うのをよく忘れる。

仕事は完璧で化け物のような仕事量をこなす怪物だが、私生活は全くのダメ人間だったのだ。

私は秘書という立場から怒鳴りつけ、叱りつけ、時に背中をひっぱたかなければならなかった。顔は商売道具だから傷物に出来ないからね。

だがどんなに気を付けていても、ままならないことはあるというもので。

ある日、商売道具の顔に見事なひっかき傷を負って雇《やと》い主《ぬし》は帰ってきた。なんてことだ。あれほど傷を付けないよう気を付けていたというのに。

しかし金髪は私の心配などお構いなしに「消毒してよ」と甘えてくる。

「唾《つば》でも付けておけば治るんじゃないですか」

腹立たしさも相まってそう言った。

「真由美が舐《な》めてくれるなら、すぐ治りそうだ」

ねだるように金髪が覗《のぞ》き込んでくるので、私はその顔面をスケジュール帳で思い切り押さえつけた。もう傷がついているんだ。少しぐらい増えたって構わないだろう。

「いたっ、ちょっと真由美！」

「これ以上傷を増やしたく無ければ、大人しくリチャードさんに消毒されて下さい」

そう言うと、金髪は口を尖らせてソファに戻った。

この部屋の隣で待機しているはずの陰険《いんけん》執事を呼ばなければ、とスマホを取り出しながら、私は思わず欠伸《あくび》を噛《か》み殺す。

今日はこの会長さまのオフだったが、まだ日の変わらないうちにホテルに戻ってきてくれたのは正直助かった。

雇《やと》い主《ぬし》は休みでも、私は休みではない。毎日英語の勉強と時間に追われる秘書仕事はどんなに慣れてもハードで、夜になるとスケジュール帳を見ているだけで眠くなる。

何度立ったまま寝そうになったことか。実際寝てしまった時は金髪が一緒のベッドで寝ていたなどということもあった。

私の名誉のために、決して男女のあれこれは無いと言明《げんめい》しておく。本当に何もありません。

金髪の方は元来スキンシップが好きなタチらしく、よく私にベタベタと触ってくる。

それに服や靴、装飾品をやたら贈りたがる。

給料から買うと言っても支給品だと言って譲《ゆず》らないので、仕方ないから一緒に店に行って、奴が見ていないうちに適当に見繕《つくろ》って支払いを済ませている。自分で必要があると思わない限り、一緒に店にも行かない。しかし金髪の派手な挨拶《あいさつ》回りに付き添うため、パーティーや会食などに合わせて洋服やドレスを選ぶ時には彼のアドバイスが役立つのだが。

彼は、私に呆れるほど好意を見せるが、本気でキスを迫ることも関係を迫ることもない。

男として不都合《ふつごう》があるのかといえば、そうではないことは実は知っている。

女性関係の管理はもう一人の管理者であるリチャードが行っているのだ。ロンドンの百貨店でたまたま彼が女物の日傘を見ていたから問いつめて白状させた。やはり金髪の恋人への贈り物だった。

各国でふらりと出かけては現地妻《げんちづま》ならぬ現地彼女を作ってくるらしい。泊まりで出かけるのは、そういう理由もあるからだという。

なるほど、とうなずいた私をリチャードは珍しく物言いた気《げ》な顔で見ていたが、結局「知っておいた方がよろしいでしょうしね」と言って自己完結していた。相変わらず訳の分からない男だ。

かくいう私の方も納得したのだが。

やはり、私を好きだと言ったのは女性としてではなく、ペットのようなものとしてだったのだ。

たまに真綿にくるむように特に大切に扱われていると感じるが、金髪のそれはペットを甘やかすのと同じなのだろう。

(ああ、眠い)

いらないことを考えるのは眠い証拠だ。とっとと執事に業務を引き継がなければ。

「立ったまま寝たら危ないよ。真由美」

いつの間にか金髪の声が近い。

彼は朦朧《もうろう》とする私の手を引いて、さっきまで自分が座っていたソファに座らせる。

さっさと振りほどいて自分の部屋に帰ろうと思うのに、眠気が邪魔して仕方ない。

「今日も眠そうだね」

「……うるさい、金髪」

思わず悪態をつくが、雇《やと》い主《ぬし》は怒りもしないで笑っただけだった。

「いい加減、レオって呼んでよ」

「……どうして、レオなんですか？」

うつらうつらとしていると、枕が差し出された。こてんと頭がそこに落ちると、温かい枕が優しく私を撫《な》でる。

「レオは、僕の父が付けたかった名前だから」

穏やかな声が私を撫《な》でながら、囁《ささや》くように言う。

「僕の父がフランス人だって言ったかな。でも、戸籍は日本だから日本名がいいって母が譲《ゆず》らなくてね」

確かに、金髪は塚谷利之というよりレオと名乗られた方がしっくりくる外見だ。

「高校生で家出して父のところへ行った時、お前はレオだって言われて、自分でもこの名前がいいなって思ったんだ。それ以来レオって名乗ってる。大学はそれで通したよ」

「……利之って名前、嫌いなんですか？」

私を撫《な》でていた手が少しだけ止まった。

「……どうかな。高校生の頃は塚谷の名前から離れられたってだけで良かったけど。今は公式には塚谷利之で名乗ってるよ。その方が顔が知られにくいし」

この派手な金髪は、メディアへの露出を極端に嫌がる。だから塚谷利之と聞いて大抵《たいてい》の人は純日本人的な外見をイメージするので、彼が一人で出歩いてもほとんど気付かれない。

「今ではレオって呼ぶのはごく限られた人だけだよ。限られた仲間と友人と、恋人だけ」

そう言って、長い指先が私の頬に触れてくる。

「だから君にはレオって呼んで欲しい」

それは、いったいどういう立ち位置を私に求めているのだろうか。

彼は、私が彼を好きだと言うまで恋人扱いしないという、私との約束を破らない。

それが不満なのか、満足なのか、実を言うと分からない。

優しくされればされるだけ、約束の境界線が曖昧《あいまい》になっていくのは感じるものの、それ以上は踏み込んで欲しくないとも思う。

「――真由美？　寝ちゃった？」

優しい声が、甘く私を抱えて笑う。

「今日も僕が化粧を落としてあげるよ。それぐらいはいいだろう？」

苦笑しながらハイヒールとスーツの上着が脱がされる。

ブラウスの一番上のボタンを開けると、溜息《ためいき》が降ってきた。

「……僕は運が良い方なんだ。出かける日は大抵《たいてい》晴れるし、予感がしたら大抵《たいてい》当たる。友達は多い方だと思うし、趣味だって多い。仕事は面倒だけど好きな方だと思うし、今の生活だって悪くない。――そう思えるから、僕は運がいい」

吐息《といき》がふ、と額《ひたい》にかかる。

「でも、君のことだとどうかな」

眠りに沈んでいく私に柔らかな苦笑がかすかに聞こえた。

「今の僕は最低で、最高に幸せな気分だ」

言葉と共に額《ひたい》に柔らかく何かが触れる。

それが何かを確かめることもなく、私は眠ってしまった。


そんな逃亡生活にも変化が訪れた。

金髪と両親に、和解の兆《きざ》しが見えたのだ。

色々な調整を経《へ》て、日本のビヤンモンジェで会食を実現させることが出来たのは、常に金髪と共に逃げ回っていた一行にとってとても大きな前進といえた。

執事は私の一言がきっかけだと言ったが、私には覚えがない。

しかしそのせいで金髪の両親の前に引っ張り出されて、質問攻めにもされた。さすが金髪の両親だ。とにかくバイタリティが溢《あふ》れすぎている強烈な方々だった。

私が何を言ったのかは本当に記憶にないのだが、とにかく、彼が両親と和解を考えてくれたことは大きな一歩だ。危ない目にも遭《あ》ったからね。

誘拐《ゆうかい》されそうになるのはザラですよ。マジで。前のような銃撃戦は稀《まれ》だったし、金髪が言ったように私を本当に危ない目に遭《あ》わせることはなかったけれど、出国する前なんか護衛が何人も周りを固めてなきゃ移動すらままならない。

すでに会食の件が通達されていた今回は、護衛がフィンだけで無事に入国出来たので感動したものだ。……安全って何だろう。

それにしたってエジプトのカイロから日本に帰ってくるまでのスケジュールはハンパなかった。ビストロ・ビヤンモンジェでの会食のあとはオフ日をもらったので、香澄に会おうと思っていたのに、約束する時間もなかった。

とにかく今日は疲れた。

ホテルに帰った私はシャワーを浴びたいと駄々《だだ》をこねた雇《やと》い主《ぬし》を待つ間、カウチに倒れ込むように座る。

（ああ、でも香澄に連絡せんと……）

ずいぶん前から日本に帰ったら香澄に会うと約束をしているのだ。

けれど日本へ戻った安心感からか、少しだけ、と私はゆっくりと目を閉じてしまった。

＊＊＊

微笑《ほほえ》みの国を出てからも、レオが真由美を解雇することはなかった。

あらゆる国を回り、色々な彼女の顔に触れた。さらに驚いたことに彼女を雇《やと》い入れてから事態は急展開した。

両親と和解するきっかけが出来たのだ。

それは、彼女の何気ない一言から始まった。

「だったら、いっそのことビストロ・ビヤンモンジェで一度話し合われては？」

あの店が中立地帯だというのなら、その店でなら公平な交渉が出来るのではないかと。

エジプトのカイロでの取引を終えたレオがホテルで寛いでいると、真由美がそんなことを言った。

レオと旅をするようになってから半年も経《た》つと彼女はすでに英語をマスターし、フランス語の勉強を始めていた。

でもレオとの会話が日本語になるのは、彼女なりに気を許してくれているからだと思っている。

「ビストロ・ビヤンモンジェで、ねぇ……」

確かにビストロ・ビヤンモンジェは絶対的な中立地帯だ。一度か二度、あの店の周辺で事を起こそうとした両親の部下は、両者によって徹底的に排除されたのだ。以来、誰もあの地域で何かをやらかそうというものはない。

「ここまでこじれているんですから、これ以上打つ手はないのでしょう？　話し合うか殺し合いかのどちらかしかないなら、話し合いの方が効率が良くないですか？」

確かに。

別に実の親の息の根を止めたいわけじゃない。

それぐらいの情は、冷血漢《れいけつかん》と真由美に言われるレオでも持ち合わせている。

その日のうちに相談役でもある本社の友人達に話を持ちかけてみると、彼らはあっさりとうなずいた。

「文明人らしく、話し合いで事が済むなら大いに結構だ」

彼らの了承を得《え》て、すぐに両親に使いを立てた。メールや電話は盗聴される危険性があるし、郵便は確実に届くか分からない。

だから腹心であるリックを父のもとへ、警護オフィサーであるフィンを母のもとへと向かわせた。

あとは真由美を連れて密《ひそ》かに日本へと入り、返事を待った。

両親の返事は了承。条件は、家族だけで指定日に会うということ。

十年ぶりに会う両親は、記憶よりも年を取っていた。

彼ら夫婦が会うのは二十年ぶりになるだろうか。互いに顔を見合わせて、ぎこちなく笑っていた。

食事が始まるとレオが集めたスタッフを誉《ほ》め、料理を懐かしいと喜んでくれた。

本題になったのは、最後のデザートが終わった時。

「――私は、この店に来てみたかっただけかもしれないな」

父がコーヒーを飲みながら、そんなことを言った。

「レオが私の夢を叶えてくれたから、託したかったんだ」

父の告白に、母が少しだけ笑った。

「あなたは忙しくなると、日本に店を出すという私との約束を忘れていましたからね」

少女のように笑って「利之」と母がレオを見やる。

「あなたにはしてやられてばっかりだったわ。息子ってこんなに可愛気《かわいげ》のないものだったかしら」

「僕はもう子供じゃありませんよ。お母さん」

そうだったわね、と考えるように母は笑い、

「あなたには面倒ばかり押しつけてしまったわ。——これからは好きに生きなさい」

母に続いて父もうなずいた。

「お前があまりにも言うことをきかないから、少しばかり意地になっていたのかもな」

両親が揃《そろ》ってレオと食卓を囲んだ記憶は少ない。彼らの事業が成功すると共に、夫婦間は冷えきり、食卓には豪華な食事が並んでもレオは一人きりだった。

「……僕も、この食事がしたかったのかもしれません」

ビストロ・ビヤンモンジェは、レオがビジネスに成功してからすぐに着手した企画だ。

どうしても、このレストランを復元したかった。

もしかしたら、思い出の中の家族の食卓を再現したかったのかもしれない。

あとは両親と長い時間、話をした。

レオに関する手配書はこの日をもって取り消され、両家に巻き込まれる形でこじれた人間関係は長い時間をかけて修復していくことを約束した。

「そうだ。お前にこの提案をした素晴らしいお嬢さんは？」

「そうだわ。一緒に日本に来ているのでしょう？」

両親に促《うなが》されて、思いがけなく真由美を紹介することになった。

彼女は当然嫌がったが、リチャードに誘い出されて矢面《やおもて》に立たされた。

不承不承《ふしょうぶしょう》といった様子で真由美が挨拶《あいさつ》する。すると、さすがというべきか父がすかさず彼女の手を取ろうとしたので撥《は》ね除《の》けておいた。

「まぁ、日本のお嬢さんなのね」

彼女のことを喜んだのは母だった。

「なら、レオ。日本に拠点を置いた方がいいのではなくて？」

「いやいや。やはりレオの故郷のフランスに来るべきだよ」

家族として和解しても、夫婦のこじれはまだ解れないようだ。

時間をかけて交渉していく必要がある。

両親に質問責めにされている真由美を連れ出して、その場はお開きとなったが、また双方との会合を持つことになった。

時間はかかるだろうが、彼らと話し合いの場を持てたことは大きな前進だ。

あのままレオと両親の衝突が続いていれば、やがてどちらかが殺されていただろう。

以前は、それでも仕方がないと思っていた。

両親のやり方は日に日に強引になっていき、手段が選ばれなくなった頃頭の隅《すみ》では覚悟していた。

銃の引き金を引いたその時から、それに殺されることを意識しなければならなかったから。

それでも、血であり肉である肉親はレオの中で息づいている。

それを思い出せたなら、きっと良い未来が待っている。

そう、確かに思えた。

ホテルに真由美を連れ帰ると、彼女は殊更《ことさら》大きな溜息《ためいき》をついた。

「あーもう疲れた！　どうして私をご両親の前に連れて出たんですか！」

「仕方ないじゃないか。話の流れだよ。それに今回の会合の発案者でしょ？」

「あなたの異常さは、この半年で重々承知してましたけれどね！」

真由美は思い切り溜息《ためいき》をついてうなだれる。

「あなたのご両親は強烈です」

「そうかな。あんなものだと思うけど」

「あなたを産んだ方々だとよく分かりましたよ」

自分ではよく分からないが、似ているとはよく言われる。

片親違いの兄弟の誰よりも両親に似ているらしい。

「でも良かったよ。僕の両親も君を気に入ってくれたみたいで」

「私はただの秘書です」

ネクタイを緩《ゆる》めているレオを真由美はじっとりと睨《にら》んで、この話はお仕舞いだと言うように溜息《ためいき》をついた。

「疲れてるね。一緒にシャワー浴びる？」

「ジョークは顔だけにして下さい。シャワーから戻られたら、明日のスケジュール確認をします」

「分かったよ」

レオがシャワールームに行く間にも彼女の大きな溜息《ためいき》が聞こえた。

彼女とは、まだ何もない。

肌を触れあうどころかキスさえ。

こんなにも自分は我慢強かったのかと初めて知った。

真由美と関わると、初めてのことばかり起こる。

アプローチをしていないとは言わない。

けれど、彼女はあくまでもレオの秘書として付き従い、仕事が終わればすぐ離れていってしまう。

嫌がることも無理強《むりじ》いもしないと約束したレオを、彼女は信頼してくれているのだ。

約束を破ることは出来ない。

真由美は、裏切りをひどく嫌う。

自分が誠実である分すべてが他人から返ってくるとは考えていないけれど、自分との信頼、約束といったものを破られると彼女はひどく傷つくのだ。

相手も責めずに、ただ傷つく。

それが分かるだけに、レオの方ががむしゃらな欲望をぶつけることに嫌悪するのだ。

ただ、真綿のような居心地《いごこち》のいいベッドを提供する。

それが自分のそばであるなら言うことはない。

レオの心情を知っているリチャードあたりには嘲笑《ちょうしょう》すらされているが、真由美はレオにとって宝物にも等しい。

宝物を傷つけて喜ぶバカがどこにいる。

そうは思うのだが。

「――時々、君が憎らしい時もあるよ」

シャワーを浴びて戻ったレオの目に入ったのは、スーツのままカウチで横たわる宝物の姿だった。

レオは正常な男だ。性欲は人並みにある。

常にレオのスキンシップから上手く逃《のが》れる彼女は、レオの獣《けもの》のような本性を見抜いているはずだ。

だが、時折こうやって無防備になる。

エジプトから日本まで飛行機で十時間以上。それからほとんど休まずビストロ・ビヤンモンジェまでやってきたのだ。疲れもするだろう。レオもさすがに疲労が身体の芯まで溜《た》まっている。

なのに、疲労で理性のたがも弱くなっている男の前ですやすやと眠られてしまっては、いたずら心の一つや二つ、湧《わ》かないはずもない。

眠っている彼女は、いつもの冷静な秘書の顔からは想像もつかないようなあどけない顔だ。

白いまろやかな頬はいつまでも見ていたくなる。

まだ自分の物ではないと理性で言い聞かせても、欲望がもたげてくる。

このまま彼女の意志を無視して抱けば、諦《あきら》めてレオの懐《ふところ》に飛び込んでくれるだろうか。

それとも信頼を裏切ったレオに怒り、恨むだろうか。

もしも恨んでくれるのなら、彼女がレオを愛してくれていた証拠だろう。

一番恐ろしいのは、無関心だ。

冷たい、他人のような目を向けられ切り捨てられれば、自分の心は確実に死ぬだろう。

「失礼いたします。――おや」

返事を待たず勝手に入ってきた執事は、レオがカウチで寝ている真由美のそばにかじりついているのを見て「またですか」と肩を竦《すく》めた。

「いい加減、プロポーズでも何でもなさったらいかがですか。振られたら私が彼女を引き取って差し上げますよ」

拳銃《けんじゅう》のある場所を探して首を巡らせていると、腹黒執事は嫌味《いやみ》な顔で「冗談です」と笑った。

「しかし、いつまでこの関係を続ける気ですか」

「……彼女が関係を変えたいと思うまで。いつまでだって続けるつもりだよ」

寝顔をずっと執事に見せておきたくなくて、レオはそっと宝物を抱き上げる。

柔らかな肢体は十分にレオの欲を誘ったが、それ以上に愛しさがこみ上げてくる。

執事は見ていられないとでもいうような顔で息をついた。

「あれほど真由美さまに顔に傷を作るなと言われながら、恋人との清算をなさっているというのに」

「……友人達との喧嘩《けんか》だよ」

「女性の、ご友人ですね」

執事の指摘にレオは押し黙る。特別な関係がなかったとは言えないからだ。だから真由美と旅するようになってからというもの、別れを切り出すごとに彼女達から甘んじて殴られている。

それを知る執事は低く笑った。

「あなたのような方に愛されて、真由美さまは幸せ者ですね」

過分に皮肉の入った言葉にレオは微笑《ほほえ》んだ。

「僕があげられる唯一のものだからね」

彼女の部屋は別にある。

だが、目を覚まさないならレオのベッドに寝かせておくことにした。

靴を脱がせてシャツの一番上のボタンを緩《ゆる》めると、白い首もとが露《あら》わになる。

レオと共に旅をしているというのに、いったい彼女は何を見ているというのか。

いつだって、この喉元《のどもと》に噛《か》みつきたいのを我慢しているというのに。

リチャードとのスケジュール確認を終えてもまだ彼女は夢の中で、代わりに化粧を落としてやった。

実はこういうことは初めてではない。

彼女と共に旅を始めた最初の頃は、彼女がしょっちゅう寝落ちするものだから、レオが化粧を落としてベッドに運んでいた。仲間からはどちらが秘書か分からないと笑われたものだ。

最近では少なくなったものの、彼女はどこでも無防備に寝てしまうことが多い。

丁寧《ていねい》に化粧を落とすことにも慣れたものだ。

頬に触れ、唇をなぞり。

さして凝《こ》ってもいない化粧はすぐに落ちてしまう。

触れる理由が無くなると、触れてはいけない物のような気がして手を意識して放す。

彼女を日本から連れ出した時、レオは正直に白状した。

あなたを繋《つな》ぎ止めるすべを自分は持たない、と。

彼女はレオにたくさんのものを与えてくれる。

楽しさ、優しさ、安らぎ、家族、信頼。

くれないものは、レオ個人に対する愛だけ。

彼女がレオから受け取ってくれるのは、彼女を想う心だけだ。それ以外は富も名声も愛欲も、彼女は何も受け取ってくれない。

それが彼女にとって幸せとなるのか、不幸となるのか分からない。

せめて、彼女からの言葉さえあればいいのに。

たった一言。一言あれば、何も怖くはないというのに。

憎らしいほど安らかな顔の隣で、レオは布団に潜《もぐ》り込んだ。

柔らかな寝息を感じて眠れることに幸福を感じながら、目を閉じた。


——案《あん》の定《じょう》、早朝に目を覚ました真由美は激怒した。

雇用主《こようぬし》であるレオに遠慮なく枕を投げつけて部屋を出ていく。

今日はご機嫌を取るのが大変そうだ。

どうしたものかと悩んでいたら、彼女と入れ替わりに紅茶を持った執事が入ってきて呆れた顔をする。

「首尾《しゅび》はいかがでした」

「聞くな」

プレスされた新聞を受け取って、注がれた紅茶をベッド脇の椅子に腰かけて飲むと、執事は情けないとでも言うように首を振った。

「良いことをお教えしましょう」

「……何だ」

この執事が並べるのはどうせろくでもないことだ。それでも聞いてしまうのは、この男のなせる業《わざ》なのか。

「真由美さまは、居眠りなどなさいませんよ」

「は？」

それが本当なら、この半年に及ぶレオの我慢をどう説明するのだ。

「私共の前では決して居眠りなどなさいません。仕事が深夜に及ぼうが、昨日のようなハードスケジュールのあとであろうが、彼女は我々の前では姿勢を崩すことさえなさいませんよ」

それはそうだろう。彼女は真面目《まじめ》だ。半年の間、慣れない頃も含めて、スケジュール管理は完璧だった。

時にレオを叱り飛ばすことは、この執事でさえ出来ないことだ。

「彼女が眠るのは、あなたのそばだけです。マイロード」

紅茶を噴《ふ》き出しそうになった。

「朝食の用意をして参ります。真由美さまもお誘いになりますか？」

「……ああ」

低く返事をしたレオに背を向けて、執事はおかしくて堪《たま》らないといった様子で部屋を出ていった。

残されたレオは胸の動悸を抑えながら、一体どんな顔をして愛しい人を迎えようかと新聞に突っ伏して考え込んだ。

＊＊＊

——早く香澄に連絡を取らないと。

そう考えていたというのに、ゆらゆらと睡魔《すいま》の波に揺られ、私は寝てしまったらしい。

身体の下にある感触は確かにベッドだ。

だが、私を包むのは布団ではない。

カッと目が覚めた。

目の前には、あろうはずもない白い胸板。すべすべで腹が立つ。

不本意ながら、見覚えがある。

「ぎゃああ！」

叫んだ。そりゃもう叫んだ。

しかし私を抱き込んでいる主《ぬし》は「なぁに、もう朝？」と慣れたものだ。それはそうかもしれない。こういうことは何度かあった。非常に不本位ながら。

「おはよう、真由美」

寝ぼけ眼《まなこ》でも端整《たんせい》な顔の金髪が微笑《ほほえ》んで、少しだけ私にスペースを寄越《よこ》すが、私を放そうとはしない。はーなーせー。

「まだ早いよ。今日はオフでしょ？」

ゆったりと枕に肘《ひじ》をついてこちらを見下ろす金髪のトドが憎い。

「今日は香澄と会いたいんです」

「えー？」と金髪は拗《す》ねたような顔をする。可愛くねぇよ。私の五つ上って三十二だろ。可愛くない。気だるそうにしてると色気の塊ですよ、あなた。

それにこの色気が駄々《だだ》漏《も》れの金髪は、バスローブの下には何も着ていないのだ。白い喉元《のどもと》から引き締まった腹まで見えて、目のやりどころに困る。あれだ。駅の階段でミニスカの中身が見えた時の気まずさだ。

「僕といいことして遊ぼうよー。香澄をここに呼んでいいからさー」

何するつもりだ。

「外商呼んで着せかえやろうよ」

これだからセレブは嫌いだ。

香澄の着せかえはやってみたいが。

いずれにせよ香澄に連絡を取る必要がある。

無理矢理金髪の腕を剥《は》いで起きようとすると、突然仰向《あおむ》けに押さえつけられた。

何事だ！

「忘れてた。おはようのキス」

私は今度こそ渾身の力で枕を剝《は》ぎ取り、金髪のご尊顔《そんがん》に思い切りぶつけて部屋を出ることに成功した。力は正義だ。


私と入れ替わりに金髪の部屋へ入ろうとしていた陰険《いんけん》執事に挨拶《あいさつ》して放りっぱなしだったスケジュール帳を探して部屋を出ると、ようやく私は自分がスッピンだということを知った。

ご丁寧《ていねい》にシャツの首元のボタンも外してある。これぐらいじゃ胸の谷間さえ見えませんよ。ていうか谷間って何。美味《おい》しいのそれ。

あいつが揺すっても起きない私の化粧を落としてシャツをくつろがせたのだろう。

金髪は、私をいくら抱き込んで寝ようと何もしない。先程のやりとりは、挨拶《あいさつ》みたいなものだ。

別に何かしてほしいわけではないのだが、ここまで全く手を出されないのはそういう訳なのだろう。まぁ、それはそれで良い。むしろ好都合《こうつごう》だ。

半年にも及ぶ私の疑念もここらへんで片を付けておくことにしよう。

あとは雇用主《こようぬし》として金髪とより良い関係が築いていければ、私の仕事は安泰だ。

関係の変化を望むなら、まずは名前の呼び方から変えてみようか。

普段は会長とか金髪とか、おいとかあんたとか長年連れ添った妻に対する夫のようだったから、本人も周囲も馴染《なじ》んでいるレオと呼んでみよう。

暇があれば何て呼ばれたいか聞いてみるか。

その前に香澄に連絡を取って遊べるか尋ねるのが先決だ。

私は自分の部屋に戻ってシャワーを浴びる前に電話し、彼女に約束を取り付けた。久しぶりに飲みに行くぞー。

シャワーを浴びて普段着の七分丈《しちぶたけ》パンツとシャツに着替えたところで、ノックの音がした。そういえば朝食かと思い出す。

どうせあの執事だろう。いつもながら盗聴機でも仕掛けているのかと思うほどのタイミングの良さだ。

ああそうだ、あの執事との関係も良くしておいた方がいいだろう。

ドアの隙間《すきま》から顔を出すと、すっかり見慣れた影のような男が不気味に微笑《ほほえ》んでいた。

「おはようございます。主《あるじ》が朝食をご一緒にと申しておりまして」

「半裸《はんら》でないならいいですよ」

と答えてから、先程思いついた名案を実行してみる。

「あの、これからリックさんと呼んでもいいですか？」

普通に言ったつもりなのに執事は一拍《いっぱく》ほど動きを止めた。何だ。ネジが切れたのか。

「……ええ、構いませんが。どういう心境の変化ですか。昨日までは陰険腹黒《いんけんはらぐろ》と名付けていただいていたように思いますが」

その呼び方を変える気はないが。陰険《いんけん》め。

「会長の家族問題も解決に向かいそうですし、私の仕事も変化してくるでしょうから、関係の改善をしていこうと思いまして」

「……あなたのことですから深い意味はないのでしょうが」

執事は少し考えるような顔をしたが、「まぁいいでしょう」と何事も無かったように私を金髪の部屋へと招いた。

たまに金髪は私を朝食に誘う。食堂まで行く手間が省《はぶ》けるが、朝からきらきらしいあの顔は眩《まぶ》しくて腹が立つ時がある。二日酔いの朝は最悪だ。

部屋の真ん中に設《もう》けられたテーブルには、久しぶりの日本食が並んでいた。白米は王様です。味噌汁、味付けのり、たくわん、鮭の塩焼き。ワンダホーです。

スイートには大抵《たいてい》付いているらしいキッチンで、どうやら陰険執事がわざわざ作ったらしい。味噌汁と米はおかわりが出来るという。ブラボーだ。

高級感抜群《ばつぐん》なホテルでこんな庶民的な日本の朝食が食べられるとは。特に都会で味のりが食べられるとは思ってなかったよ。

私は感激しながら箸《はし》を動かすのに勤《いそ》しんだ。何やらニコニコしている向かいの金髪は無視だ、無視。

そういや今日は珍しくワイシャツにズボンだな。いつものオフは、ひどい時にはバスローブ一枚だ。

ああ、そうだ。一応言っておくか。

「あの」

「なぁに？」

金髪は味噌汁をすすりながらニコニコする。いつ見てもうざいなこの顔。

「これからは、レオって呼んでいいですか？」

黒い瞳がこの上もなく見開いて、次に味噌汁でむせた。

「ゲホガホゲホゲホッ！」

「ちょっと、大丈夫ですか？」

げほげほと涙目になっている金髪にナプキンを差し出すと、彼はぜーぜー言いながら睨《にら》むように私を見た。

「大丈夫じゃない！」

どうした。怒られる筋合《すじあ》いもない、他愛もない会話だったはずだが。

未だ咳《せき》をする金髪があまりにも苦しそうなので、私は席を立って彼の背をさすることにした。

肝心の執事はというと、今にも噴《ふ》き出しそうな顔でこちらの様子を眺《なが》めている。あいつの腹を裂いたらダークマターでも出てくるに違いない。

咳《せき》が治まってくると、金髪は涙目で私を見上げてきた。うるうるするな。犬かあんたは。

「もう一度」

「え？」

「もう一度、呼んで」

ああ、名前のことか。

「呼んでいいんですか？」

金髪がうなずくので、私は何気なく口にした。

「レオ」

短い名前だというのに、言い終わるやいなや、金髪に抱きつかれた。

ワイシャツからリネンの香りがして、肩に柔らかな金髪がかかるのを感じ、身じろぎする。

「ちょっ……！」

「……もう無理。我慢出来ない」

泣きそうにも聞こえる声で、低い声が耳元で囁《ささや》いてくるので、背中から何かがぞわぞわと這《は》い上がってきた。

「愛してるよ、真由美」

吐息《といき》が触れただけだというのに、耳にキスをされたかと思った。

顔が熱くなるのを抑えられず、私は闇雲《やみくも》に叫んだ。

「ちょっと、朝から何を考えて……やめてよ、レオ！」

「ごめん。名前呼ばれただけでイきそう」

「変態か！」

「変態でもいいよ、もう」

諦《あきら》めたような、幸せそうな顔で金髪は微笑《ほほえ》んで、私の顔を大きな手で包んだ。

「ごめんね」

言うが早いか、私の文句は金髪の口の中に消えた。

彼は、羽根でも触れるかのように唇を重ねた。

あまりに優しくて何が起こったのか分からず、半ば呆然《ぼうぜん》と一度離れたのを見送れば、今度は深く貪られた。

彼のシャツを掴《つか》んだら、差し入れられた舌が口の中で私を追いつめる。

朝には絶対にそぐわないキスは、味噌汁の味がした。


——最悪だ。


私はたまたま履《は》いていたピンヒールで金髪のつま先を強打し、痛がる彼を横目に朝食を食べてホテルを抜け出した。

その日は香澄を付き合わせて居酒屋をはしごして、連絡を絶《た》った私を金髪が半狂乱になって探しに来る騒動となった。仕事辞めたい。

＊＊＊

それからというもの、金髪は私との約束を破るようになった。

私が彼を好きだと告白しない限り何もしないという、今まで不文律《ふぶんりつ》だった約束をまるで無かったかのように、ことあるごとに私に本気でプロポーズをしてくるのだ。

「このプロジェクトがうまくいったら、結婚してくれ」

珍しく真面目《まじめ》に本社の机に帰って書類整理をしていたと思ったら、すぐこれだ。

「どのプロジェクトのことですか。たくさんありすぎて分かりません、会長」

「レオって呼んでよ」

「仕事中です」

「仕事が終わればいいの？」

これがエンドレスで続くので、私は部下が廊下で気まずそうにしているのを容赦なく招き入れることにしている。てっとり早く会話が終わるからだ。


スキンシップにキスも加わった。

だからうかうか彼の隣で居眠りなど出来ないというのに、疲れた私は彼の隣でついつい眠ってしまう。

「おはよう、真由美」

長時間の移動に疲れてホテルの部屋で寝ていた私に、柔らかな熱が降ってくる。

それは恵みの雨のようでもあり、温かな太陽の光のようでもあったが、水や光よりもずっと柔らかで、確かな温もりがある。

「こんなカウチで寝てちゃ風邪を引くよ。早く起きて。僕にその可愛い声を聞かせて」

全くなんて人だ。

石のような心の私に、いつまでも睦言《むつごと》を紡ぐなんて。

何だかおかしくなった。

「可愛い真由美。起きて」

くすくすと笑う声が耳にくすぐったい。

目を開ければ夜空のような真っ黒な瞳がこちらを覗《のぞ》き込んでいる。

「おはよう。愛しい真由美。結婚してくれる?」

寝ぼけている間に言質《げんち》を取ろうというのか。相変わらず抜け目がなくて嫌味《いやみ》なやつだ。

さて、どう告げようか。

秘書らしく恭《うやうや》しく申し上げてみようか。

どうやら私はあなたが好きらしいと。

しかし素直に白状するのは非常にしゃくだ。

「レオ」

近付いた彼の頬に唇を寄せた。

子供の遊びのようなキスだったというのに、いつもその何倍も恥ずかしいことをしている男は一瞬で赤くなったと思えば、私から飛びのいて床に転がってしまう。

尻餅をついて真っ赤な顔で見上げてくるので、私はカウチの上から思い切り笑ってやった。

秘書はもうこりごりだ。

今度は、嫁でもやってみるか。

～大人のための恋愛小説レーベル～

ETERNITY エタニティブックス

傲慢社長と契約同棲!?

嘘から始まる溺愛ライフ

エタニティブックス・赤

有《う》涼汐《りょうせき》

装丁イラスト／朱月とまと

たった一人の家族だった祖母を亡くした実羽《みはね》。すると、突然伯父を名乗る人物が現れ、「失踪した従妹《いとこ》が見つかるまで彼女のフリをしてとある社長と同棲しろ」と命令される。最初は断ったものの、強引に押し切られ彼女はしぶしぶこの話を引き受ける。いざ一緒に住み始めると、彼は不器用ながらも優しい人だった。実羽は、どんどん惹かれていってしまい――!?

※エタニティブックスは大人の女性のための恋愛小説レーベルです。ロゴマークの色で性描写の有無を判断することができます（赤・一定以上の性描写あり、ロゼ・性描写あり、白・性描写なし）。

詳しくは公式サイトにてご確認ください。
http://www.eternity-books.com/

携帯サイトはこちらから！

派遣OLの杏奈《あんな》が働く老舗《しにせ》デパート・銀座桜屋の宝石部門はただ今、大型イベントを目前に目が回るような忙しさ。そんな中、上司の嶋崎《しまざき》の一言がきっかけとなり杏奈は思わず仕事を辞めると言ってしまう。ところが、原因をつくった嶋崎が杏奈を引き止めてきた！ その上、エリートな彼からの熱烈なアプローチが始まって——!?

B6判　定価：640円＋税　ISBN 978-4-434-22634-2

帆下布団（ほしたふとん）
「神崎食堂のしあわせ揚げ出し豆腐」（マイナビ出版）で書籍化デビュー。「秘書のわたし」でアルファポリス第９回恋愛小説大賞を受賞。スーツで好きな部位は襟と袖。ワイシャツのチラリズムに和む。

イラスト：gamu

本書は「小説家になろう」（http://syosetu.com/）に掲載されていた作品を、改稿のうえ書籍化したものです。

秘書《ひしょ》のわたし

帆下布団（ほしたふとん）

2016年 12月 26日初版発行

編集ー仲村生葉・羽藤瞳
編集長ー塙綾子
発行者ー梶本雄介
発行所ー株式会社アルファポリス
〒150-6005東京都渋谷区恵比寿4-20-3 恵比寿ｶﾞｰﾃﾞﾝﾌﾟﾚｲｽﾀﾜｰ5F
TEL 03-6277-1601（営業） 03-6277-1602（編集）
URL http://www.alphapolis.co.jp/
発売元ー株式会社星雲社
〒112-0005東京都文京区水道1-3-30
TEL 03-3868-3275
装丁イラストーgamu
装丁デザインーansyyqdesign
印刷ー大日本印刷株式会社

価格はカバーに表示されてあります。
落丁乱丁の場合はアルファポリスまでご連絡ください。
送料は小社負担でお取り替えします。

ISBN978-4-434-22767-7 C0093